鬼の花嫁　新婚編二

〜強まる神子の力〜

クレハ

スターツ出版株

目次

鬼の花嫁　新婚編二

～強まる神子の力～

プロローグ

多くの国を巻き込んだ世界大戦が起き、その戦争は各国に甚大な被害と悲しみを生み出した。

それは日本も例外ではなく、大きな被害を受けた。

復興には多大な時間と労力が必要とされると誰もが絶望の中にいながらも、ようやく終わった戦争に安堵《あんど》もしていた。

けれど、変わってしまった町の惨状を見ては悲しみに暮れる。

そんな日本を救ったのが、それまで人に紛れ陰の中で生きてきたあやかしたち。

陰から陽の下へ出てきた彼らは、人間を魅了する美しい容姿と、人間ならざる能力を持って、戦後の日本の復興に大きな力となった。

そして現代、あやかしたちは政治、経済、芸能と、ありとあらゆる分野でその能力を発揮してその地位を確立した。

そんなあやかしたちは時に人間の中から花嫁を選ぶ。

見目麗しく地位も高い彼らに選ばれるのは、人間たちにとっても、とても栄誉なことだった。

あやかしにとっても花嫁は唯一無二の存在。

本能がその者を選ぶ。

そんな花嫁は真綿で包むように、それはそれは大事に愛されることから、人間の女性が一度はなりたいと夢を見る。
あやかしは花嫁を見つけたら花嫁以外目に入らなくなる。
しかし、もしも自身がすでに結婚していたなら、あやかしはどうするのだろうか。
今まで支えてくれた伴侶との絆などなかったことにするのだろうか。
だとしたら、なんと悲しいことだろう。

一章

柚子《ゆず》と同じ料理学校に通い、なにかと柚子に突っかかってくる鳴海芽衣《なるみめい》には、周囲に隠している家庭の事情があった。

彼女は、ごくごく普通の家に生まれた。

シェフをしている父親と、接客をしている母親。

両親が営むレストランは小さいながらもテレビで紹介されるような人気店となり、事業を広げて複数の店舗を持てるまでになった。

『いつかお父さんの跡を継いでシェフになる!』

そう夢を語った芽衣を、父親は恥ずかしそうに笑っていたものだ。

忙しくも幸せだった。すべてが順調だった。それなのに……。

芽衣が高校生の時、少しずつ歪《ゆが》み始める。

きっかけとなったのは鎌崎風臣《かまざきかぜおみ》というあやかしに芽衣が見初められてしまったことだ。

あやかしの世界とはまったく関わりのない場所で生きてきた芽衣の日常に、風臣という男はズカズカと足を踏み入れてきたのである。

かまいたちのあやかしだという彼は、クセのある髪で、あやかしというだけあってそれなりに顔立ちが整っていたが、その目はまるで獲物を見るようにギラギラとしていて、直視できなかった。

『あやかしの花嫁』

風臣は芽衣こそが自分の花嫁だと断言した。

話に聞いたことはあるが、どんなものか知っているわけではなかった。

丁寧に説明してくれる相手なら、芽衣もゆっくりと考えて答えを出せただろう。

しかし、風臣は傲岸不遜で、花嫁に選ばれて嬉《うれ》しいだろうと言わんばかりの上から目線な態度だった。

そんな彼にどうして好感を抱けるだろう。ただただ反感しか覚えなかった。

だからというか、芽衣の判断は早く、その場でお断りの返事をしたのだ。

年の差が大きかったのもある。彼はどう見ても三十歳そこそこ。まだ高校生の芽衣から見たらおじさんの分類に入ってもおかしくない。

年齢を理由にすれば当たり障りなくお断りできるだろう。

そこで終わればよかった。

しかし、芽衣はあやかしの花嫁への執着心を甘く見ていた。いや、知らなかったという方が正しいか。

それは芽衣と同じく、あやかしと関わったことのない両親も同じである。

『なんか変な人だったね』

『芽衣があやかしの花嫁なんておかしくて仕方ないわ』

『芽衣は俺の跡を継ぐんだから、よそに嫁になんか行かせねぇぞ』

『お父さんったら』

お断りの返事とともに風臣が素直に帰ったからこそ、家族皆、笑い話で済ませていた。崩壊の足音がそこまで迫っているとも知らずに。

その後からだ。急に店に悪質な客が来るようになったのは。

一度や二度ではなく、何度となく店に言いがかりのようなクレームを入れたり、店内で大騒ぎしたりするものだから、悪評が広がり客足が遠くなった。

常連だった客すらも次第に姿を見せなくなってしまったのだ。

そうなれば当然売り上げは落ちる。

芽衣の両親も監視カメラをつけたり、警察に相談したりと対策はしたが、それでも悪質な客は次から次へとやってくる。

なぜ突然こんな事態になったのか、芽衣も両親も意味が分からなかった。

複数あった店すべてで同じような騒ぎがあるものだから、ひとつ店を閉じ、ふたつ店を閉じ、かろうじて残った数店も潰れる寸前まで追いやられた。

しかも、悪いことはさらに続く。

資金繰りに困っていた父親が、なんとかして金を得ようと勧められるままに投資を行うも、のちにすべて詐欺だったと発覚。店を守るどころか、大金を失い借金まで負わされてしまったのだ。

それにより、最初に始めた店舗以外の店をすべて手放すほかなくなった。

意気消沈する父親の背は精神的に参っているのが見て取れた。

『お父さん、大丈夫？』

『大丈夫、大丈夫！　芽衣が心配する必要なんかないぞ。ははは っ』

芽衣の前では無理をして笑っているのが分かったので、芽衣は胸が痛んだ。

どうしてこんな状況に陥ったのか。家庭内の空気は最悪だった。

そんな時に都合よくやってきたのが風臣だった。

『私と結婚するなら、借金返済もレストランの再興も協力しますよ』

そう言った彼の暗く陰湿な眼差しを見て、ようやく芽衣は彼のプライドを傷つけたのだと悟った。

しかし、気付くには手遅れだった。

芽衣たちの足元を見た風臣の言葉に芽衣は揺れる。

自分が風臣と結婚しさえすればレストランも両親も守れるのだ。

だが、そこではっとする。あまりにも都合がよすぎやしないかと。

『あんた、まさか……』

『なんです？』

『なんですじゃないわよ！　あんたが全部裏で手を引いてたの!?　悪質な客も、投資詐欺も！』

激昂《げっこう》する芽衣に、風臣はニヤリと口角を上げる。その歪んだ笑みがすべてを物語っていた。

『あ、あんたっ……！』

怒りで体が震え、芽衣は思わず手を振り上げたが、風臣は勝ち誇った顔で問いかける。

『さて、どうしますか？　私を殴って警察沙汰になったら、困るのはそちらですよ？　またレストランの悪評が立ってしまいますね』

『っ……』

芽衣は悔しそうに手を下ろす。

『君には選択肢はないんじゃないかな？　素直に私の花嫁になりなさい』

『お断りよ！　誰がお父さんたちを苦しめる奴の花嫁になんてなるもんか！』

怒りのあまり体を震わせながら、芽衣は激しく拒絶した。

風臣は聞き分けのない子供にするような表情を浮かべて肩をすくめる。

『やれやれ、やはりまだ子供だな。現状を理解できていないらしい。今、君の家族は崖っぷちに立っているというのに』

『あんたのせいでしょう！　あんたがいなかったらこんなことになってないわ。とっとと出ていって！』

不敵に微笑む風臣は、ゆっくりと背を向けてから振り返る。

『ひとつ言っておこう。私は花嫁を得るために手段は選ばない。多くのあやかしがそうであるように、私も絶対に君を手に入れる』

そう言い捨てて去っていく風臣を、芽衣は憎悪に満ちた眼差しでにらみつけた。

『なにが、あやかしの花嫁よ』

芽衣の心にはあやかしと花嫁に対する怒りと憎しみが残された。

＊＊＊

先日、柚子がストーカーに襲われるという事件があり、玲夜《れいや》の怒りが爆発したのは記憶にも新しい。

犯人が教師とあって学校ではちょっとした騒ぎとなり、事件の当事者を理由に柚子はしばらく休んでいた。

そして事件から少し日が経った、とある晴れの日。

柚子は大きな敷地を持つ和風建築の古いお屋敷に玲夜とともに来ていた。

同じ和風な建物でも、比較的新しい玲夜の屋敷とはまた違い、厳かな雰囲気が漂っている。

ここは、過去に龍が囚われていた一龍斎《いちりゅうさい》一族の当主が住んでいた場所。経営が傾き、屋敷の維持すらままならなくなった一龍斎が手放したのを、待っていましたとばかりに玲夜が買い取った。

憎らしさを感じている一龍斎の屋敷だ。

玲夜はもともと買い取るつもりなどなかったものの、龍がここには大事なものがあるからどうしても手に入れてほしいと懇願したので、動くことになった。

玲夜はじわじわと追い込んでいたようだが、龍があまりにもまだかまだかと急かすものだから、査定金額よりも金を積んで一龍斎一族をとっとと追い出したらしい。

さすが鬼龍院《きりゅういん》。かつては日本を裏から牛耳るほどの権力があった一龍斎も、あやかし界だけでなく政治経済においても日本トップの一族である鬼龍院には形なしだったようだ。

一龍斎も鬼龍院に喧嘩《けんか》を売らなければ没落することもなかっただろうに、虎の尾を踏んづけてしまった。鬼龍院親子を怒らせると怖いと身をもって知っただろう。

そんな鬼龍院の次期当主が自分の旦那様なのだから、いまだに信じがたい。

もし柚子が過去の自分に会って伝えたとしても、信じてはくれないはずだ。

「玲夜。中に入れるの？」

「ああ。なにが大事なのか分からなかったから、必要最小限のものだけ持たせて追い出した」

軽く言っているが、一龍斎側からしたらとんでもない扱いだ。少々同情してしまう。

しかし、長年にわたり一龍斎に囚われていた龍には、同情する気持ちは微塵《みじん》もないようで、軽快に笑っている。

『カッカッカッ。愉快愉快。さぞや追い出される時にごねたであろうな』

口を大きく開けて気分がよさそうだ。龍にとって一龍斎の不幸は蜜の味なのだろう。

「先に中を見て回る？」

柚子は龍にそう問うが、見て回るといっても母屋だけでも相当に広く、離れの建物を含めたらそれだけで一日が終わってしまいそうだ。

「〝あの方〟の本社はどこなのかえ？　わらわは早く挨拶がしたいのじゃが」

そう発言したのは、狐雪撫子《こせつなでしこ》。

波打つ長い黒髪と蠱惑《こわく》的な雰囲気のある彼女は妖狐《ようこ》の当主であり、今回かろうじて踏ん張っていた一龍斎にとどめを刺すのにひと役買った人物である。

どうやら龍の話す大事なものと関係が深いらしく、玲夜以上の気迫で率先して一龍斎を潰しにかかったとか。

さすがの一龍斎も、鬼どころか妖狐まで出張ってきたら泣くに泣けない。

撫子とは一龍斎の屋敷を手に入れる時にひと悶着《もんちゃく》あった。どちらがこの屋敷の所有権を得るかというものだ。

龍に頼まれたこともあって、当然のように玲夜が買い取るつもりだったのだが、撫子が『あの方の本社がある場所ならばわらわが所有していたい』と言い出した。

柚子も玲夜も『あの方』が誰を指すのか分からなかったものの、それほどに撫子が欲しがっているなら譲ってもいいと考えていた。

一龍斎との決着をこんなに早く決められたのは間違いなく撫子の貢献があってこそだったから。

玲夜の父親である千夜《せんや》も問題ないとしたのだが、龍が待ったをかける。

『あの方の社《やしろ》は柚子が管理すべきだ。その方があの方も喜ばれる』

まったく意味の分からないやりとりに、名前を出された柚子は困惑したが、撫子は龍の言葉でなにやら納得したようだった。

そんなこんなで結果的に玲夜が買い取り、名義を柚子のものとすることで落ち着いた。

ただ、撫子の言う『あの方の本社』とはなんなのか、柚子はいまだに分かりかねている。

「玲夜……」

玲夜を見上げるも、玲夜も話に入っていけないようで首を横に振る。

この場で撫子の話が通じているのは龍だけだ。

柚子が龍に視線を向けると、龍は撫子の言葉にうんうんと頷《うなず》く。

『確かにここへ来たならば真っ先にご挨拶をすべきであろう。ついてくるがよい。ただし、護衛は置いてくるのだぞ。あの方のいる大事な場所に大勢で押しかけてはご迷惑だからな』

「その通りじゃな」

撫子はお付きの人たちに残るよう指示すると、玲夜も同じように護衛たちに待機を命じる。

ふたりのやりとりを見届けてから、龍は道案内をするように柚子たちの先頭を進んだ。

母屋と離れの建物を囲むように雑木林がある。目に入るところは手入れがされていて綺麗《きれい》な庭が維持されていたが、母屋から離れるに従って未整備の林が姿を見せる。

草木は何年も人の手が入っていないように生い茂り、歩くにつれ前に進みづらくなってきた。

着物を着ている撫子は特に歩きづらそうだ。

邪魔な植物に苛立ちを感じているのが顔に出てしまっているが、正直言うと柚子も同じ気持ちである。

しかし、洋服の柚子はまだマシだ。ヒールの高い靴ではなく、スニーカーを履いてきたのは正解だった。

「大丈夫ですか、撫子様？」

柚子は見るに見かねて撫子に声をかける。

「うむ。ちと大変だが、わらわは大丈夫じゃ。こんな荒れた道なき道を歩くと分かっていたなら、着物で来たりはしなかったのじゃがの……」

前を歩く玲夜を見れば、柚子と撫子が歩きやすいように草木を踏み固めて道を作ってくれている。

それでも歩きづらいのは変わりないのだが、撫子ですら不満を口にしていないのに柚子が言うわけにはいかない。

柚子や撫子のことなどおかまいなしにズンズン進んでいく龍の後をついていくと、柚子は驚いたように目を見開いた。

「アオーン」

「ニャーン」

「えっ、まろ？　みるく？」

玲夜の屋敷に置いてきたはずの黒猫と茶色の猫が姿を見せたのだ。

まるでその場の番人のように左右に立つまろとみるくは、ちょこんとお座りをして柚子を見ていた。そして、荒れ放題の草むらに向かってそれぞれが鳴いた。

「あおーん！」

「にゃーん！」

まるで二匹の鳴き声に反応するように突然風が吹き、草がザワザワと葉を擦《す》り合わせて動きだす。

その異様な雰囲気に柚子は息をのむ。

「っ……！」

『ほれ、柚子。前へ出るのだ』

驚きのあまり言葉を失う柚子が龍に背を押されて前へ出ると、行く手を遮る草や木が、柚子を迎え入れるかのように左右に分かれて道を作った。

これには玲夜と撫子も驚いた顔をしている。

「どどういうこと？」

激しく動揺する柚子は振り返って玲夜と撫子をうかがう。

しかし、ふたりから答えはもらえない。ふたりも分からないようで、ただ様子を見ているだけだった。

『あの方が柚子の来訪を楽しみに待っておるのだよ』

龍の言葉に同意するように、まろとみるくも鳴いた。

「アオーン」

「にゃん」

もう一度玲夜を振り返り困った様子で眉を下げながらも、柚子は意を決したように恐る恐る前へ歩いていく。

一歩、また一歩進むに従い、草木が自然と避けていくではないか。まるで生きているかのような動きに、ぎょっとする柚子。

現実とは思えない光景を前にして、普通なら怖いと思うのかもしれない。

柚子も初めは怯《おび》えたが、次第に清浄な空気が辺りを包んでいくのが分かった。

それは以前に撫子の屋敷で感じたようなとても綺麗で神聖なものだったので、恐れなどどこかへ吹き飛んでしまった。むしろこの先になにがあるのか早く知りたい気持ちがあふれてくる。

急《せ》くような気持ちを抑え、ゆっくりと前へ進む柚子の後を玲夜と撫子が続く。龍は柚子の肩に乗り、左右をそれぞれまろとみるくが付き従うように歩いた。

それほど長くない距離を行くと、突然道が開け、大きな鳥居が柚子たちを出迎える。

鳥居の先には社があった。撫子の屋敷にあった社より倍ほどある大きく立派なものだ。

不思議なことに、ここまでの道は荒れていたのに、社は寂れた様子もなく綺麗な状態だった。

一見すると普通の社。しかし、その大きさよりもずっと大きな存在感を肌で感じる。

きっと今の気持ちを言葉にするなら、『畏怖』と人は言うのかもしれない。

なぜだろうか。胸が締めつけられるように痛み、バクバクと心臓が強く鼓動する。

思わず服の上から胸の辺りをぎゅっと握りしめるが、目は社から離せない。すると……。

「柚子、どうした？」

どこか焦りをにじませた玲夜の声にはっとする。

玲夜が柚子の頬に手を伸ばす。

「どうして泣いてるんだ？」

柚子はそこでようやく、自分が涙を流していることに気が付く。

「あれ？」

「具合が悪いのか？」

「ううん。なんでだろ？」

痛いわけでも苦しいわけでもないのに、自分でもなぜ泣いているのか分からなかった。柚子はゴシゴシと手で乱暴に目元を拭う。

「もう大丈夫」

心配そうに柚子の顔を覗《のぞ》き込む玲夜に笑ってみせてから、もう一度社に視線を向ける。

「ここはなんなのかな？」

「分からない」

玲夜にも分からないのなら柚子に分かるはずがない。一龍斎に関わる知識はほとんどないのだから。

すると、後ろから撫子が声を発する。

「ここは見た通り、社じゃ。わらわの屋敷にあった社はここの本社から分霊されたもの。妖狐の一族はずっと探しておったのに、まさかこんなところに隠れておられたとは……」

興奮を抑えきれないという様子で、撫子は社を目に収めている。

撫子は着物や手足が土で汚れるのも気にせず地面に膝をついて座り、深々と頭を下げた。

気位が高い妖狐当主である撫子のその姿に、柚子だけでなく玲夜も目を見張って驚く。

あの撫子が地面に額をつくほどに頭を下げているのだ。社ということは、大切な神様を祀《まつ》っているのだろう。

神様なら柚子も同じようにお参りした方がいいかと、撫子の横に並んで正座して頭を下げようとしたが、まろがスリスリと頭を擦りつけてきた。さらには龍も寄ってくる。

『さすがにそこまで仰々しくせんでよいだろう。あの方も柚子にそこまで求めておらんよ。ただ、柚子には今後できるだけこの社に通って祈りを捧《ささ》げてほしいのだ』

「祈り？　お参りすればいいの？　私は別にいいけど……」

お参りするぐらいなんてことはない。

しかし、〝祈る〟と〝参る〟は微妙にニュアンスが違うような気がする。そもそもなにをお祈りすればいいのか分からない。

玲夜が難しそうな顔で佇《たたず》んでいるのが気になり、彼の顔をうかがう。

「ここはなんの社だ？　どんな神が祀られているんだ？」

柚子も気になっていた。撫子は知っているようだが、柚子も玲夜もなにも知らされずこの場にいる。

一龍斎に関わりがあるのは間違いないのだろうが、玲夜が疑問に思うのは当然だ。

『ここは一龍斎が崇めていた神が祀られている場所だ。その昔、サクが神子として仕えていた』

龍が口にした『サク』は、最初の花嫁といわれている。

人間から初めてあやかしに嫁いだ鬼の花嫁。柚子にとったら先輩である。

しかし、彼女の生涯は壮絶を極め、失意のうちにその命を終えた。

「一龍斎の敷地内にあるから、一龍斎が崇めている神様っていうのは納得なんだけど、撫子様は……？」

一龍斎が祀る神と撫子は関係ないのではないかという疑問は、最後まで口に出さずとも伝わったようで、撫子が口を開く。

「一龍斎の祀る神は、同時にあやかしの神でもあるのじゃよ。あやかしと人間。本来なら相容れぬ存在であるふたつの種族をつないでいた神であり、一龍斎は神子として神の代弁者をしておった。いつしか一龍斎はその役目を放棄して、忘れていったようじゃがな」

『あの方はサクを大層かわいがっておられたからな。一龍斎がサクを死に追い込んだことで、あの方は一龍斎から手を引き、眠りにつかれたのだ』

先ほどから龍が呼んでいる『あの方』とは、どうやら神様のことらしい。

『本当なら神に見放された時点で一龍斎は終わっていたはずなのだが、我が捕まり、そうもいかなくなった』

「にゃうにゃーう！」

みるくが龍を責めるように声を荒らげたかと思うと、まろもじとっとした眼差しを向けていた。

二匹の視線を感じた龍は、くわっと目をむき反論する。

『仕方なかろうが！　我とて口惜しいのは同じだ。むしろ一番奴らを憎々しく思っているのは我だぞ！』

「アオーン」

「ニャーン！」

まろとみるくの言葉は分からないが、なにやら不満をぶつけているように聞こえる。

『捕まる方がアホとはなんだ！　お前たちこそもっと早く助けに来ぬか』

ぎゃあぎゃあと騒いでいる三匹を横目に、撫子はようやく立ち上がる。

「わらわの屋敷にある社は、最初の花嫁が鬼に嫁いだ時に分霊されたものだ。当時あやかしの間で特に力を持っておった三つの一族に、神が形代《かたしろ》を与えた。鬼龍院には神が最も愛した神子を花嫁として、孤雪には分霊された社を、というようにな」

「花嫁と社。あとひとつの一族は……？」

撫子は三つと言っていたのに、ふたつしか口にしていない。

柚子が玲夜に顔を向けると眉間に皺《しわ》を寄せていた。

玲夜から撫子に視線を移すが、撫子は柚子に目を向けることなく社を見たまま話を続ける。

「神が眠りについたと知ってから、孤雪家は代々神の本社を探しておった。神に見放された一龍斎に本社を任せてはおけぬとな。しかし、どこを探しても見つからなかったのじゃ。それがまさかわらわの代でこれほどたやすく見つかるとは……」

柚子の疑問には答えなかった撫子。

聞こえなかったのかと深く考えなかった。

「一龍斎の屋敷にあるとは思わなかったんですか？」

柚子の素朴な疑問。

一龍斎の屋敷を探せばすぐに見つかったのではないか。しかし、子供でも真っ先に考えるだろうことに気付かぬはずはなかった。

「もちろんじゃ。だから真っ先に探したと過去の当主の記録にあったが、ついぞ見つけることは叶《かな》わなかった。だから、一龍斎がどこぞに隠したと思っておったのじゃ」

そのわりには簡単に見つかったものだ。

探し方が足りなかったのではないかと柚子は失礼なことを考えてしまったが、龍が横から話に入ってくる。

『サクがあのようになって、あの方はずいぶんと怒り悲しんでおられたからな。誰もここにたどり着けぬようにされたのだろう。あの方が近付かせなかったなら、いくら力のあるあやかしといえども見つけるのは不可能だ』

「へぇ。そんなすごい能力があるなんて、神様はあやかしより強いの？」

『当然であろう。ものすごく強くて偉いのだ！』

柚子の問いかけに対し、龍は我が事のように自慢げに胸を張る。

「そんな神様なのに、サクさんは助けられなかったの？」

柚子が純粋な疑問を口にすると、途端に龍がずーんと肩を落とした。心なしかまろとみるくも落ち込んで見える。

「えっと……。なんかごめん」

そこまで落ち込むとは思わなかった。ちょっとした疑問が口から出ただけなのだ。

『いや、謝る必要はない。そう考えるのはもっともだ。しかし、助けられなかったわけではなく、サクがそれが止めたのだよ。あの方は最初、一龍斎の一族に神罰を与えようとしていた。しかし、神の及ぼす影響は大きく、累が及ぶ者の中には生まれたばかりの赤子も含まれる。だからサクは望まなかった。それにより起こった悲劇は、あの方を苦しめる結果となってしまったのだ』

「そう、なんだ……」

余計な発言をしてしまったと柚子は反省するが、一度口から出た言葉は取り消せない。

龍たちがサクを大切に思っていると知っていたはずなのに、配慮に欠けていた。なにもしようとしなかったはずがないのに。

「……ごめんね」

申し訳なさそうな表情で龍の頭を撫《な》でた後、まろとみるくにも同じように優しく触れる。

甘えるように頭を擦りつけてくるまろとみるくを、柚子は謝罪の気持ちを込めて丁寧に撫でた。そして龍が柚子の腕に巻きついてくるのを、じっと動かず受け入れる。

『柚子が謝らずともよい。あの時は不幸が重なり、誰にもどうにもできなかったのだ。けれど、あの方は自分を責めて眠ってしまわれた』

「神様は今も寝てるの？」

『どうであろうな？　我にも分からぬ。ただ、柚子がこれからここに来てくれるようになれば、あの方も目覚めるであろう』

「私が来たぐらいで目が覚めるとは思えないんだけど」

柚子には一龍斎の傍流の血がわずかながら流れており、神子の素質があると龍から言われている。しかし、神様が神罰を与えようとするほど一龍斎の一族を憎んでいるなら、逆効果ではないだろうか。

『いや、柚子が来るとあらば、のんびり寝てもおれなくなるはずだ』

「そうかなぁ？」

『絶対にそうだ。だから時間を見つけて来てくれぬか？』

なにをもって断言できるのか柚子には理解できないが、龍がそこまで言うならそうなのかもしれない。

「さすがに毎日は無理だから、時間が空いた時でもいい？」

『かまわぬよ』

玲夜に視線を向けると、問題ないと頷いた。

玲夜が反対しないなら危なくもないのだろうと、柚子は暇を見つけてはここに通うこととなった。

二章

一龍斎の――いや、神が喜ぶという理由で今は柚子のものとなった屋敷の社へと、学校帰りにお参りするのが柚子の日課となっていた。

社へ参るようになってから一週間ほど経った、週末の休み。

柚子は友人である透子《とうこ》に会いに、猫田《ねこた》家へとやってきていた。もちろん、子鬼たちと龍も一緒である。

透子の部屋では、透子と東吉《とうきち》の娘である莉子《りこ》に離乳食を与えているところだった。

「もうミルクから卒業？」

「まだまだよ。でも離乳食も始めていいらしいから」

「私があげてもいい？」

「いいわよ～」

透子からお皿とスプーンを受け取り、恐る恐る口にスプーンを持っていくと、莉子はパクリと食べた。なにやら眉間に皺を寄せてもぐもぐと口を動かしている。

「美味しいのかな？」

一見すると美味しくなさそうに見えるが、吐き出さないので美味しいのかもしれない。

子鬼たちも興味深そうに莉子を見ているかと思ったら、ぴょんぴょん跳びはねた。

「あーい」

「あいあーい」

「子鬼ちゃんもあげたいの？」

こくこくと頷く子鬼にスプーンを渡すと、ふたりでスプーンを持ち上げて、えっこらえっこら莉子の口に運び始めた。

莉子はどちらかというと子鬼たちの方に視線が向いているが、スプーンを差し出されると反射的に口を開けて食べた。

ちゃんと食べてくれたことに子鬼は非常に満足そうな表情をしている。

なんともかわいらしい光景だと、柚子は迷わずスマホを向けてカメラで撮り、子鬼を愛してやまない元手芸部部長に送信してあげた。

「部長に送ったの？」

「うん。部長には子鬼ちゃんの服でなにかとお世話になってるしね」

「部長の子鬼ちゃんラブの力はすごいわよね」

透子は「気持ちは分かるけど……」と言いつつも、少々あきれている。

透子も子鬼は好きだが、元部長は熱量が違うのだ。

玲夜と子鬼の服を作るという専属契約をしてからというもの、毎週のように新作の服を送ってきてくれる。本業をおろそかにしていないか心配になるほどだが、本業は本業でかなり成果を上げているという噂《うわさ》だ。

原動力は間違いなく子鬼の存在だろう。なので、こうして時々子鬼成分を補充してあげるのだ。

これでまた新たな創作意欲が刺激され、かわいい服を送ってくれるに違いない。まさにウィンウィンだ。

食事を終えた莉子はどうやらおねむの様子で、睡魔と戦っている。

それを見た透子が莉子を抱え上げた。

「ちょっと別の部屋で寝かしてくるわ」

「うん」

透子は一度部屋を退出したが、すぐに戻ってくる。莉子を使用人に預けてきたのだろう。

もっと莉子を見ていたかったが、ここは騒がしくて莉子の眠りを妨げてしまうから仕方がない。子鬼たちもちょっと残念そうだ。

「そうそう、柚子に報告しとくことがあったのよ」

「なに？」

透子は「うふふふふ」と喜びを隠しきれない様子で笑い始めた。

「にゃん吉におねだりして、やっとこさ結婚式を挙げるのを勝ち取ったわよ～」

透子は拳を天に突き上げてあふれんばかりの嬉しさを表現している。

それを聞いた柚子もぱちぱちと拍手した。

「わー、ほんとに？　よかったね。にゃん吉君のお許しが出たんだ」

「それはもう粘ったかいがあったってもんよ」

「にゃん吉君が折れたのね……」

しつこく絡む透子の姿が目に浮かぶようだ。

透子は言い出したら頑固なので東吉も相当困ったはず。

最初に結婚式の話を提案した柚子は少しだけ申し訳なく思う。だが、結婚式を挙げたい透子の気持ちは同じ女としてすごくよく分かるのだ。

「結婚式はいつ？」

「秋頃よ。柚子の夏休みが明ける頃かしら。柚子も出席してくれるでしょう？」

「もちろん！」

すると、子鬼も自分たちの存在を主張するかのようにテーブルの上でぴょんぴょんと跳びはねた。

「あーい」

「あいあい！」

「子鬼ちゃんたちも来てくれるの？」

透子が問うと、子鬼たちは何度も頷きながら声をそろえて「あーい！」と返事をした。

『仕方がないから我も出席してやろう。うまい酒を用意しておくのだぞ』

誰も呼んでいないが、龍も参加する気満々である。透子は「お酒足りるかしら?」と心配そうにしている。

これは当日龍を監視する者が必要かもしれない。いざとなったら首に鎖をつけて参加させることも視野に入れなければ。

柚子は自分の結婚披露宴の時の龍の暴れっぷりを思い出して頭が痛くなってきた。いっそまろとみるくを監視につけるべきかと本気で考えていたところで、部屋をノックする音が聞こえる。

すぐさま入ってきたのは東吉で、続いて柚子たちの友人である蛇塚《へびづか》も姿を見せた。

「あら、いらっしゃい、蛇塚君」

「お邪魔してます、にゃん吉君。蛇塚君もこんにちは」

「おー」

「こんにちは」

それぞれの挨拶を済ませると、東吉と蛇塚も空いた場所に座った。

「にゃん吉君、透子から聞いたよ。結婚式を挙げるんだって?」

「あー、まあな。別に俺は今さらしなくてもいいと思うんだけど……」

苦い顔をする東吉に、透子が反論する。

「嫌よ！　私だって柚子と若様みたいな結婚式とか披露宴をしたいもの！」

目を吊《つ》り上げる透子に、東吉はやれやれという様子。

「……というような感じだからなぁ。まあ、莉子も無事に生まれたし、透子がそこまでしたいならいいんだけどさ。俺と透子の両親もなんだかんだ盛り上がってるみたいだし」

「にゃん吉君はしたくないの？」

あまり結婚式に乗り気でないように思えた。

「うーん、どっちでもいいって感じだな。やらなくても全然問題ない」

「そういうもの？」

なんだか意外だ。柚子の場合は柚子以上に玲夜が乗り気な空気だった。まあ、それ以上にノリノリでやる気満々だったのは玲夜の秘書である荒鬼高道《あらきたかみち》だが、結婚式をするのは絶対という雰囲気であったのは間違いない。

「玲夜なんて、私の着るドレスに私より興味津々で、袖の長さまで細かく指定してきたりしてたのに。にゃん吉君もそうじゃないの？」

「それが全然なのよ。もう他人事よ。私の好きなもの着させてくれるのは嬉しいけど、興味なさすぎるのも問題よねぇ」

ここぞとばかりに透子が不満をぶつける。

「興味ないわけじゃないぞ。ただ、家族と友人だけの内輪の結婚式で、猫田家の取引会社の関係者を呼ぶわけでもないから、透子がしたいようにすればいいって思ってるだけだ。てか、あんまり口出すと逆にお前が怒るからだろうが」

玲夜だったらたとえ内輪の結婚式だとしても一から十まで知りたがるような気がするのに、同じあやかしでも花嫁に対する考え方は違うようだ。

「だってぇ、一生に一度の結婚式だし、やりたいことがたくさんあるんだもの。にゃん吉ったらあれは駄目これは駄目って文句ばっかりだし」

「文句も言いたくなるわっ！　両親に感謝のビデオレターを別撮りして会場で流すとか恥ずかしすぎるだろ。花嫁の手紙だけにしとけ」

「えー、なんでよ。ビデオレターは絶対やるわよ！　日頃の感謝を伝えなさいよ。きっと喜ぶわよ」

東吉にも東吉の言い分があるようで不服そうに訴えているが、透子が聞く耳を持つ様子はない。東吉は「好きにしてくれ……」と、いろいろとあきらめた顔をしていた。

どんな結婚式になるやら、今から楽しみである。

「で？　お前のとこはどうなってんだよ、蛇塚？」

話は透子の結婚式から蛇塚の話へ移行する。

急に話を振られた蛇塚はきょとんとしていた。

「どうって？」

「どうって、杏那《あんな》とだよ。他に誰がいんだよ」

顔面凶器のように強面の蛇塚には、雪の妖精のようにかわいらしい雪女のあやかしである白雪《しらゆき》杏那という彼女がいた。

蛇塚にはもともと梓《あずさ》という花嫁がいたのだが、梓は蛇塚を蛇蝎《だかつ》のごとく嫌っていた。

梓は自ら望んで花嫁になったわけではなく、負債を抱えた家の援助と引き換えに両親から頼まれ嫌々蛇塚の花嫁となったという。

本人の意思ではなかったせいで梓は蛇塚に歩み寄ることはなく、言葉は悪いが、自分の境遇をまるで悲劇のヒロインのように思っていたところがあった。

結果だけを言うと、梓は鬼龍院を敵に回すような問題を起こして蛇塚の花嫁ではいられなくなり、家の援助もなくなったようだ。

それが梓にとってよかったのかは分からないし、今どうなっているか柚子は知らない。蛇塚に聞く気もないし、問うたところで蛇塚の傷を無意味にえぐるだけだろう。

普通、花嫁をなくしたあやかしは次の縁に恵まれないことが多いそうだが、幸運にも蛇塚には彼を愛してやまない杏那という女性が現れた。

不幸になる未来が目に見えていた梓とは違い、心から応援できるふたりに安堵を覚えているのは、柚子だけではないはずだ。

透子はもちろん、蛇塚の昔からの友人である東吉は特に同じ気持ちだろう。

さっさと杏那とくっつけばいいのにという思いがあるのかもしれない。最近では会うたびに杏那との進展を質問しているような気がする。

興味があるのは柚子も同じ。だが、下手に杏那の方に聞くと真夏でも凍死しかねないと学習したので、蛇塚に矛先が向くのは仕方ない。

幸いにも今日は予定があるため杏那が来ていないので、今がチャンスだった。

「俺と透子も、柚子も結婚したんだし、今度はお前の番じゃねえの？」

杏那がいないのをいいことに遠慮なくツッコんでいく東吉を、柚子も透子も止めない。東吉が発言しなければ、先に柚子か透子が口を開いていただろうから。

「うーん……」

こてんと首をかしげて曖昧な返事をする蛇塚に、東吉が不安そうにしだす。

「おいおい、まさかここまで来て杏那と結婚しないとか言わないよな？　杏那のどこが問題なんだ？　お前をあんなに好きになってくれる奴なんて杏那ぐらいだぞ⁉」

「そうよ！　そりゃあ〝少々〟過激だけど、それがなんだってのよ」

透子がすかさず東吉に同意したが、『少々』という言葉が柚子は気にかかった。

杏那は少々どころでなく、結構過激である。蛇塚が関わった時に限るが。

「いや、そこが問題なのかも……」

「あーい……」

子鬼も否定できないようで、なんとも言えない顔をしている。

「まさか今さら別れたりとかしないでしょうね!?」

透子は目を吊り上げて蛇塚の胸倉を掴《つか》んで揺さぶる。

「そんなの許さないわよぉぉ！」

「透子、落ち着いて！　蛇塚君はまだなんにも言ってないじゃない」

「こらこら、透子！」

興奮する透子を柚子と東吉のふたりがかりで蛇塚から引き剥がした。

鼻息を荒くする透子はまだ興奮冷めやらぬ様子で、東吉に後ろから抱きしめるように押さえ込まれている。

襟元を正した蛇塚は、なぜか正座をして姿勢を伸ばした。

「えと……。今度、プロポーズ、します……。杏那が卒業したら結婚してくださいって」

小さな声で恥ずかしそうに口にした言葉に、東吉は驚いた顔をし、柚子は透子と目を合わせ、次の瞬間には手を取り合って大きな悲鳴をあげていた。

くる」

「やったぁ!」

しばらく喜びの悲鳴が収まらずにいると、透子を離して東吉が立ち上がった。

「こりゃ、素面《しらふ》じゃやってられないな。ワインセラーからとっておきのワイン持ってくる」

「にゃん吉、シャンパンもよ!」

「へいへい。ちゃんとノンアルコールのも持ってくるよ」

ちゃっかりと自分の飲みたいものも要求する透子。まだ授乳中の透子への配慮を忘れない東吉は部屋を出ていった。

一方で蛇塚はおろおろしている。

「べ、別にまだプロポーズしたわけじゃないのに。それに杏那が受けてくれるか分からないし……」

「受けるに決まってるでしょうが！　あの杏那ちゃんよ？　喜んで受けるに決まってるじゃない。もう結婚が決まったようなものよ！」

透子が言うように、杏那から拒否の言葉が出てくるのは想像できない。

しかし、強気に断言する透子とは反対に、別の問題があると気付いた柚子は不安そうにつぶやいた。

「ねぇ、杏那ちゃん、嬉しさのあまり周りにいる人たち全員を凍死させせないかな？」

「……それはマズいわね」

透子は急に冷静さを取り戻した。

「蛇塚君、あなたどこでプロポーズする気なのよ？」

「俺の店、だけど……」

「もちろん貸し切りよね？」

「……貸し切りしてない」

ヤバいという顔をする蛇塚。

「…………」

「…………」

沈黙がその場を支配するところへ東吉が戻ってきた。

「あ？　なんで急に静まり返ってんだ？　さっきの騒ぎはどこいったんだよ」

「にゃん吉。大変なことが今さっき判明したわ」

「なんだよ？」

「蛇塚君ったら自分の店を貸し切りにもしないで、大勢の人がいる中でプロポーズしようとしてるのよ」

それだけで東吉には危険性が伝わったらしく、頬を引きつらせた。

「お前、大好きな相手からプロポーズされて、杏那が正気でいると思ってんのか？　これまでを思い出してみろ！　何度俺らが遭難しかけたかっ」

「ご、ごめん……」

「謝ってねぇですぐに場所変えろ！　店の中なんて逃げ道ないとこなんて絶対駄目だかんな。貸し切りだとしてもやめとけ！　従業員はいるんだから」

「ど、どこがいい？」

まったく考えていなかったらしい蛇塚は激しく動揺していた。

東吉がいくつか案を出す中、透子がポンと柚子の肩を叩《たた》く。

「柚子が早々に気付いてよかったわね。じゃなきゃ大量の被害者が生まれてたわよ」

「蛇塚君、ちゃんとプロポーズできるかな……？」

かなり心配になってきた柚子は、東吉と透子も含めてプロポーズ大作戦を練ることにした。

そして後日、蛇塚からプロポーズに成功したと連絡があり、柚子は部屋でひとり大騒ぎして、玲夜に何事があったのかと心配させてしまった。

＊＊＊

「本当に行くのか？」

「もちろん」

柚子がそう答えると、玲夜は不服そうに眉をひそめる。

行かせたくないと雄弁に語るその眼差しに、柚子は苦笑する。

「大丈夫よ。お義母様が対処してくれたんだし、問題ないって玲夜も納得したんじゃないの？」

「それはそうだが……」

玲夜の眉間の皺はなくならない。

ストーカー問題が発生した時は、さすがに辞めさせられるのではと心配になったが、玲夜の母親である沙良《さら》が学校に対しいろいろと働きかけ、鬼龍院の息がかかった者により見回りがされるようになった。

どうやら柚子の目の見えないところにも細やかな対策がなされているらしく、柚子のこととなると過保護な玲夜もしぶしぶ許した。

ならばもう大丈夫だろうと、今日から登校するつもりだった。

沙良には本当に感謝である。だから心配する必要などないのに、玲夜はまだ少し休学すべきだと甘やかそうとしてくる。納得してくれたのではなかったのか。

「今回のことはまだショックが大きいんじゃないか？」

「だからってこれ以上休んでたらあっという間に一年経っちゃうよ」

柚子の通う料理学校のコースは一年で卒業なのだ。他にもみっちり三年通うコースがあったが、早さを重視した結果、一年間のコースにしたのである。

しかし、まさかあのような事件が起こり何日も休むと思っていなかったので、時間をかけて三年間のコースにしておくべきだったかと少し後悔していた。

柚子にストーカー行為をして危害を加えようとした教師の代理はすぐに見つかったらしく、何事もなかったかのように授業は再開されていると聞く。

ならば柚子も行かなければ、授業に遅れてしまう。

「一年の間だけだから。ね?」

上目遣いでかわいくおねだりする技は透子から教えてもらったものだが、効果があったのかなかったのかよく分からないまま、玲夜は深いため息をついた。

「二度目はないぞ」

ギラッと目を光らせる玲夜に、柚子は口元を引きつらせる。

「そんな低い声で脅さなくても……」

「まあ、母さんが次を許さないだろうが」

「それが分かってるなら素直に行かせてよ」

玲夜はやれやれと、いろんなものをあきらめた様子で表情を柔らかくし、柚子を優しく抱き寄せた。

「子鬼たちはちゃんと連れていくんだぞ？」

「うん。じゃあ、行ってくるね」

名残惜しそうに柚子から手を離す玲夜に一度抱きついてから、柚子は鞄《かばん》を持って
ようやく玄関を出た。

鞄からはふたりの子鬼がぴょこっと顔を出して、見送る玲夜に手を振っている。

「僕たちいるから大丈夫！」

「今度は一撃で仕留めるから大丈夫！」

なにやら不穏な言葉が聞こえてきたが、聞かなかったことにして車に乗り込むと、
龍も柚子の後に続いた。


料理学校に到着し教室に入るや、この料理学校で友人になった片桐澪《かたぎりみお》が柚子に気付
いて向かってきた。栗色《くりいろ》のボブカットの髪は、はつらつとした澪によく似合っている。

「ちょっと柚子、大丈夫なの？　ずっと休んでたじゃない」

「澪。ごめんね。もう大丈夫だから」

「それならいいんだけど。なにかあったらすぐに私に相談してね」

「ありがとう」

心配そうにしてくれる澪を見て、本当にいい友達ができたなと柚子は嬉しくなった。

まさか一年だけの学校で、こんな素敵な出会いがあるとは思いもしなかった。

「あいあい！」

「あーい！」

「ちびっ子たちがなにかしゃべってるわね」

『我らがついてるから大丈夫だと言っておるのだ』

車から出た時から子鬼も龍も気合い十分だった。

「そりゃ頼もしいわね」

澪は子鬼たちの様子に声をあげて笑っていた。すると……。

「邪魔よ」

出入り口付近で会話していた柚子たちに冷淡な声がかけられる。

なにかと柚子に突っかかってくる鳴海芽衣で、ギロリとにらまれてしまい、柚子はその迫力にわずかに身をすくめた。

黒い髪を後ろでひとつに結び、黒縁の眼鏡をした真面目そうな女性。他を寄せつけない気の強そうな雰囲気は、気の弱いところのある柚子とは正反対の性格に感じる。

「ごめんなさい……」

素直に謝った柚子を敵対心いっぱいの眼差しでねめつける。

「あんたのせいでいい迷惑よ。もう来なきゃいいのに」

それだけを吐き捨てて自分の席へと行ってしまう鳴海の後ろから「あんたねぇ！」と澪が喧嘩腰で声をかけたが、柚子が手を引いて押し留める。

「まあまあ」

「まあまあって、あんなこと言わせといていいの!?」

「私が迷惑かけちゃったのは事実でもあるし」

いかに原因が柚子の想定外だった問題だとしても、無関係ではない以上、鳴海からしたら柚子にも非があると思ってしまうのは仕方がない。

「柚子は被害者で、なんにも悪くないじゃない」

「そうなんだけど、同じように思ってるのは彼女だけじゃなさそうだし……」

柚子が困ったように眉を下げて一瞬周りに視線を送ったことで、ようやく澪も気が付く。周囲の女子生徒から向けられる、嫌悪感たっぷりの刺さるような眼差しと囁《ささや》きを。

「先生が辞めちゃったのって、あの子のせいなんでしょう？」

「先生があの子をストーカーしたって」

「あの子が色目でも使ったんじゃないの？　ほら、授業でも先生に贔屓《ひいき》されてたし」

「あり得る～。先生目当てでここに入ったのに、どうしてくれるのよ。すっごい迷惑なんだけど。あの子が辞めればいいのに」

なんて会話が至るところから、柚子に隠す様子もなく聞こえてくる。いや、わざと聞こえるように話しているのかもしれない。

柚子に向けられる空気は決していいものではなかった。澱《よど》みまくっている。

「んなっ！」

澪はようやく気付いたようで、怒りに震えている。今にも飛びかかっていきそうな澪の手を掴むと、なんで止めるのかと不満いっぱいの表情をされた。

「一年の辛抱だし、いちいち気にしてらんないよ」

「くぅぅっ。柚子は人がよすぎるよ～。私ならガツンと一発お見舞いしてるのに」

「澪がそう言ってくれるだけで私は幸せ者だから大丈夫。それに私、今はすごく機嫌がいいの」

「なんで？」

鞄を机に置いてから、澪に向き合う。

「実は夏休みにね、玲夜と旅行に行く予定なの」

新婚旅行とはあえて言わない。惚気《のろけ》ているようで恥ずかしかったからである。

しかし、十分に澪は目をキラキラとさせていた。

「えー、羨ましい～。でもさ、その前に今度ある試験に合格しないと夏休みは補習ざんまいらしいけど大丈夫なの？　柚子休んでたし」

一気に柚子は悲壮な顔をする。

「ヤバい。すっかり忘れてた……」

「どうするのよ」

「なんとか頑張る。それでもって夏休みは遊びまくるの！」

試験ぐらいどうってことはない。徹夜してでも勝ち取ってみせる。

玲夜との甘いひと時のため、気合いはありあまるほどあった。

「いいなぁ。あの鬼龍院なんだから、きっと豪華なホテルに泊まるんでしょうねぇ」

澪がうっとりとしていると。

「はっ！　また金持ち自慢なわけ？　懲りないわよねぇ。そんなに周りから羨ましがられたいの？　目立ちたがりなんじゃない？」

水を差すような鳴海の言葉にいち早く澪が反応する。

「貧乏人は黙ってなさいよ」

ふんっと鼻を鳴らす澪に、今度は逆に鳴海が強く反応を示した。

「誰が貧乏人よ！」

「別に、誰とは言ってないわよ～。どこかで羨んでる誰かさんに言っただけよ」

しれっとした様子の澪に冷や汗を感じつつも、『強い……』と感心してしまう。

柚子では澪のように強気に出られないので、その強さが少し羨ましい。

澪と鳴海の静かなにらみ合いが続いたが、先に視線をそらしたのは鳴海だった。

「あやかしと結婚するなんて正気じゃない……」

小さな小さな鳴海のつぶやきは、まるで柚子があやかしの花嫁であると知っているかのようだった。

しかし、この料理学校に通っている者は、柚子が鬼龍院の関係者だとは知っていても、結婚しているとは誰も思っていないはずだ。

澪の他に知っているのは教師だけ。まさか教師が言いふらしたのだろうか。

そのわりには大きな騒ぎになってはいない。

鳴海に対し、わずかな疑問が生まれた瞬間だった。


学校へは問題なく通えるようになった。少し周囲の視線が気になる時はあれど、なにかあれば沙良が配置した警備が駆けつけてくれるというのは心強かった。

なによりそばには子鬼たちと龍がいるのだから滅多なこともないだろう。

目立った騒ぎも起きず一週間経過した週末の休日、同じく休みだった玲夜と自室でまったりと過ごす。

後ろから包み込まれるように抱きしめられながらソファーに座っている柚子は、目の前のテーブルにパソコンを置き、玲夜と新婚旅行の行き先を話し合っていた。

「ねえ、玲夜はどんなところに行きたい？」

「柚子がいるところならどこへでも」

柚子の耳元で甘く囁くと、玲夜はこめかみにキスをする。

カッと頬を赤らめる柚子を楽しげに見つめる玲夜はクスリと笑う。

「いいかげん慣れろ。一緒に過ごすようになって何年経ってるんだ」

「自分でもそう思うけど、やっぱり玲夜が相手だとそうもいかないのっ！」

柚子の旦那様は、人外の中でもとびっきりの美しさを持った玲夜である。

毎日飽きるほど見ていてもその綺麗な容姿に見惚《みと》れてしまうのは、玲夜と出会って何年も経った今も変わらない。

玲夜の顔を見るたびに恋してしまう。愛しさがあふれて柚子の中では消化しきれないぐらいなのだ。

キスをされていまだに恥じらう柚子の心臓は、自分でも落ち着けと言いたくなるほどバクバクと鼓動が激しい。

「玲夜が格好よすぎるのがいけないんだもの……」

拗《す》ねたようにつぶやく柚子の理不尽な八つ当たりは、逆に玲夜を喜ばせるだけであると柚子は気付いていない。

玲夜は一瞬動きを止めたかと思うと、今度は荒々しさのある手の動きで柚子の顔を後ろに向かせ、深い口づけをする。

柚子は驚きのあまり目を大きくしたが、逆らうことなく玲夜に身を任せた。

壊れものを扱うように優しく、それでいて逃がさぬように強く抱きしめられる。

まだ玲夜と出会って間もない頃は戸惑いと恥ずかしさがいっぱいで、他のことなど頭になかった。

玲夜で頭がいっぱいなのは今も変わらないのだが、柚子を満たすのは戸惑いよりも大きな幸福感だった。

ずっとこの時間が続けばいいとすら感じている。

けれど、そんな時間の終わりを告げる音が部屋の外から聞こえてきた。

「失礼いたします。今よろしいでしょうか？」

ノックの後に聞こえてきたのは使用人である雪乃《ゆきの》の声だ。

それでもまだ柚子を貪ろうとする玲夜を慌てて止めて、雪乃を部屋の中に呼ぶ。

「ど、どうぞ！」

玲夜はやや不機嫌そうだが、こればかりは仕方がない。

雪乃は入ってくるや柚子に封筒を渡し、微笑ましそうにふたりに視線を向けてからすぐに部屋を出ていった。

「手紙？」

差出人の名前も書いていない封筒だったが、裏に描かれていた撫子の花と狐の絵に、誰からのものかすぐに分かった。

「撫子様からだ」

玲夜も柚子を抱きしめながら後ろから覗き込む。

封を開ければ、中に入っていたのは前回届いた時と同じ、時間と場所が書かれた紙と狐の折り紙だ。

「花茶会《はなちゃかい》のお誘いみたい。あっ、まだなにか入ってる」

今回は招待状とは別に撫子からの手紙も入っていた。

「なんだって？」

「えーと。花茶会を開催するから、今回は招待客としてではなく、桜子《さくらこ》さんと一緒に手伝いとして参加してくれって」

撫子からいずれ花茶会を任せたいとお願いされたのは、初めて参加した前回の花茶会の時だ。

自分などにそんな大役を任せられても、とても全《まっと》うできないと最初は遠慮したが、桜子も補佐としてともにいるからと頼まれた。

花茶会は結婚後に窮屈な生活を送る花嫁たちの息抜きを兼ねた集まりだと知り、柚子は断り切れずに了承してしまったのだ。

今からでも辞退できないかと思うが、花茶会を熱望している花嫁のことを考えるとそうもいかない。

他の花嫁と話したことで、自分がどれだけ恵まれているかを知ったからこそだ。

「参加するのか？」

「うん。お手伝いなら行かないわけにはいかないしね」

玲夜はなぜか眉間に皺を寄せている。

「玲夜は嫌なの？」

「柚子が悪影響を受けないか心配だ」

「悪影響って、ただの女子会だよ？」

なんの心配をしているのかと、柚子はクスクスと笑った。

しかし、玲夜は真剣そのもの。

「花嫁の中には、あやかしに囲われる状況に不満を持って、あやかしを憎んでいる者もいるからな」

「あー……」

柚子が顔を曇らせたのは、前回の花茶会で会った穂香《ほのか》という花嫁を思い出したからだ。彼女からは、旦那であるあやかしに対する憎しみすら感じた。

柚子のまだ知らない花嫁の苦悩を考えると、彼女たちをまとめていけるのか不安がないわけではない。

けれど、花茶会を唯一の逃げ場としている花嫁たちがいると知ったからには、関わりたくないとは言えないのだ。

玲夜の不安な気持ちも分かる。穂香が旦那を嫌悪するように、柚子が玲夜を嫌わないか心配なのだろう。

いつかその重すぎる愛情ゆえに、玲夜を厭《いと》う日が来るのか今は分からない。けれど、今確かなことがひとつだけある。

「大丈夫だよ。玲夜が今の玲夜でいてくれる限り、私が玲夜を嫌いになんてなるはずない」

誰よりも愛する人。自分に惜しみない愛情を与えてくれる人。愛することを恐れてすらいた自分に、見返りのない無償の愛情を信じさせてくれた人。

そんな相手を、どうして嫌えるだろうか。

「それに、撫子様からもお願いされてるの。玲夜との自慢話をしてくれってね。たくさん惚気て、玲夜はこんなに素敵な旦那様だって皆に知ってもらわないと」

ニコリと微笑むと、玲夜はあきらめたように苦笑した。

「そうか。ほどほどにな」

「うん」

どうやらお許しは出たようだ。

早速狐の折り紙に向かって「参加します」と告げると、折り紙だったものは小さな狐に変化してどこかへと消えていった。

「やっぱり不思議だ……」

二度目なので驚きはしなかったが、不可思議なことに変わりはなかった。

これは花茶会のたびに送られてくるのだろうか。

狐の折り紙だけでも、花茶会のお知らせが来るのが楽しみになってきた。

だが、もし柚子が撫子と沙良から主催の権限を譲られてしまったらこの狐はどうなるのだろう。

きっと狐の折り紙を楽しみにしている花嫁は柚子だけではないはずだ。

しかし、ただの人間である柚子に、折り紙を狐にするような芸当ができるはずもない。

「これは要相談だ……」

できれば狐の折り紙だけでも手に入れられないものか。

柚子は今度の花茶会で相談することにした。

花茶会前日、柚子は翌日に着る服を準備していた。

前回は着物だったが、明日は洋服で行く。

いつも花茶会では招待客が洋服か和服のどちらを選んでもいいように、沙良が洋服で撫子が和服であると聞いたからだ。

そんな沙良たちに倣って、同じく手伝いに行く桜子と相談し、彼女が和服というので柚子が洋服を着ることにした。

どうやら今回、透子は呼ばれていないらしく、かなり心許ないが、桜子がいるのでなんとかなるだろう。それに、龍も一緒なのだ。

子鬼は留守番だが、前回、ついてきては駄目だと言っていたにもかかわらず潜り込んだ龍。

今度は絶対に連れていかないぞと柚子が念を押していたら、どう根回ししたのか、龍を連れてきていいという撫子直筆の手紙を持って帰ってきたのである。

これで誰はばからずついていけると龍は『うはははは～』と大笑いしていたが、子鬼たちの許可は出なかったために、龍は子鬼たちからじとっとした眼差しで見られていた。

やはり玲夜が作った使役獣と、神に近い生き物である霊獣とでは扱いが違うのかもしれない。

子鬼はトコトコと柚子のところへやってきて、両手を組んでお願いのポーズを取り、上目遣いで柚子を見る。

「柚子〜」

「僕たちも行きたい〜」

ウルウルとした目で見上げられ、柚子はうっと言葉を失う。

子鬼にこんな仕草を教えたのはいったい誰だ。

いや、犯人は捜すまでもない。絶対に透子だ。柚子におねだりの仕方を伝授したように、子鬼にも同じことを教えたに違いない。

平凡な容姿の柚子と違い、かわいさが限界突破している子鬼の破壊力といったらない。

同じ仕草でもこうも違うのかと、柚子はなんだか悲しくなってきた。

とはいえ、どれだけ子鬼がかわいさ爆発状態でも連れていくわけにはいかない。花茶会は、たとえ夫であろうと参加を許されない、花嫁のための集まりなのだから。

「だーめ。子鬼ちゃんたちは連れていけないの。ごめんね」

子鬼はがーんとショックを受けたようにうなだれた。そして、いまだ上機嫌に笑っている龍をギッとにらむと飛びかかった。

「ずるい〜」

「ずるい～」

ふたりはポカポカと龍を叩いている。

『これ、やめぬか！』

「龍だけずるい！」

「僕たちも行きたいのに～」

『柚子、止めてくれ～』

これ見よがしに喜ぶからだと、子鬼たちに責められる龍を自業自得に思った柚子だが、仕方なく龍をすくい上げる。

「はいはい。子鬼ちゃんたちももうお終《しま》いにしてね」

「う～」

「む～」

頬を膨らませた不機嫌さいっぱいの顔は、なんともかわいらしい。

柚子は仕方なさそうに小さく笑ってから、子鬼たちを撫でた。

「子鬼ちゃんたちはまろとみるくと大人しく留守番しててね」

しぶしぶという様子で、子鬼たちは「あーい……」と返事をした。ごねてもどうにもならないと理解したらしい。

「使役獣って皆、子鬼ちゃんたちみたいな感じなのかな？」

あやかしが霊力で作る存在だが、なんとも表情豊かだ。

『童子たちは特殊なだけだ。普通の使役獣はあのように強い感情を持っておらぬ。意思もない』

「そうなの？」

『うむ。柚子のところに送られてくる狐のように、主人の命令を忠実にこなす道具でしかないからな』

「道具……」

なんとも違和感のある言葉だったので、自然と柚子の眉間に皺が寄る。

『童子たちは霊獣三匹分の霊力を与えられたゆえに、少々普通の使役獣とは違って個を持ってしまっておる。創造主より柚子を自分の意思で選んだようにな』

子鬼たちは玲夜に従うよりも柚子に従うことを選んだ。誰かに強制されたわけでもなく、己の意思で決めたのだ。それは一般的な使役獣ではあり得ない。

「それはいけないこと？」

『よいのではないか？　童子たちを作った本人がなんとも思っておらぬのだし』

確かに玲夜は特に気にしていないようだ。

玲夜ではなく柚子を選んだ件に関しても、もともと柚子のために作ったのだからと子鬼たちを咎《とが》めたりもしていない。

『本人たちも楽しそうだし、柚子は童子たちが表情豊かな方がよいであろう?』

「うん」

それは確かに間違いない。

『ただし、他の使役獣が童子たちと同じだと思わぬ方がよいぞ。あれらは規格外の存在だ』

「そうなんだ。……分かった」

ふと、柚子は考える。

「私が使役獣を作ることはできないの?」

『人には得手不得手というものがあってだな……』

「回りくどい話し方しなくても、無理なら無理って言ってよ」

『無理だな』

龍に即答され、柚子は肩を落とす。分かっていたことだが、改めて否定されるとがっくりとした。


そして、花茶会当日。

悲しげに手を振る子鬼たちに「終わったらすぐに帰ってくるからね」と言い置いて、撫子の屋敷へと向かった。

到着した撫子の屋敷は、以前のように清浄な空気を感じる。とても心地よく、なんだか体に力がみなぎってくるかのようだ。

そう感じるのも屋敷内に社があるからなのだろうか。神聖な雰囲気は元一龍斎の屋敷で見つけた社と同じもののように思う。

前回ここに来た時、透子は感じなかったようだが、他の人たちも柚子と同じ感覚でいるのか、それとも透子のように分からないのか気になった。

本社へ訪れた日以降、柚子はできるだけ本社へ参るようにしている。学校のある日にはほぼ毎日だ。

そのせいだろうか。これまで以上に感覚が研ぎ澄まされ、社から発せられる清らかな力の流れを感じるのだ。

龍によると、それは神の力なのだという。神子としての力が強まっている証拠だとも言われた。

柚子にはよく分からないが、悪いことではないらしいので放置している。

本社へあれだけ通っているのだから、撫子の屋敷内にある社にも参っておくべきだろうか。

そのあたりのことはのちほど撫子に問うとして、柚子は屋敷の家人に案内されて参加者が集う部屋へ案内された。

　今回は手伝いとしてやってきたので、招待客が来る時間より早く訪れていた。しかし、部屋にはすでに桜子の姿があり、柚子は慌てる。

「すみません、桜子さん！　遅れてしまいましたか？」

「いいえ。私も今来たところですよ」

　ふんわりと上品に笑う桜子に、やはり鬼の中でも特に美しいなと改めて実感しながら、桜子の品のよさはどうしたら身につくのだろうかと、何度となく感じた疑問を浮かべる。

「他の方もまだいらしておりませんから焦らなくても大丈夫です」

「それならよかったですが、初めてのお手伝いにどうしていいやらで、昨日から緊張してしまって」

　そもそも花茶会自体、今日で二回目なのだ。

　すると、桜子は口に手を添えて「ふふふ」と小さく笑う。

「たいしたことはしません。皆様の話を聞きながら配膳をするぐらいです。いずれは主催者として中心になって話を回していかねばなりませんが、今はまだ見習いと思って気楽にしていらしたらよろしいのではないでしょうか」

「見習い……。でも、そのうち主催者だなんて、私には大役すぎて上手にまとめられそうにないです……」

すでに負け戦のような気持ちで柚子は頭を抱えた。

「前回の花茶会を思うと、余計にやっていけるか心配で……」

初めての花茶会は柚子のトラウマ回と言ってもいい。

新婚で浮き足立っている柚子を現実に引き戻した花嫁たちの本音。まだ知らない花嫁の実態。

今日もまた前回の花茶会のように不穏な雰囲気にならないだろうか。

柚子はそれだけが心配だった。

撫子には自慢をしろと勧められたが、穂香のようにあやかしを明らかに憎んでいる人を相手に旦那の惚気なんて、なんの罰ゲームなのか。苛立たせるに違いない。

玲夜には気丈に振る舞って強気な発言をしていたが、内心は憂鬱で仕方なかった。

そもそも柚子は元来打たれ弱い方なのである。

透子の図々しさが心底羨ましい、などと本人の前で口にしたら怒られてしまうだろうか。けれど、本気で思っている。

そんな風にあーだこーだと余計なことを悩んでいると、続々と招待客がやってきた。

沙良と撫子もそろい、花茶会が始まった。

柚子は花嫁たちの会話に相づちを打ちながら、桜子とともに配膳を手伝う。

雰囲気は始終穏やかなもので、前回のあの暗雲とした空気はどこにもない。しかも、旦那への愚痴が飛び交うものの、そこに嫌悪感は含まれていなかった。

「私の旦那様ったら、娘にもやきもち焼いてしまうのよ。困ったものだわ」

「あら、うちなんてペットの犬に嫉妬していたわよ」

「ほんと困った旦那様だこと」

「独占欲が強すぎるわ。そんなに私が信用できないのかしらね。まったくもう」

不満をぶつけ怒っているようでいて、これはただの惚気だと柚子でも分かる。

あれ?と思った柚子はなにもおかしくはない。ここに透子がいたとしても、柚子と同じく首をかしげたに違いないのだから。

あまりにも会の雰囲気が別物なのだ。

前も同じようにあやかしの花嫁が呼ばれたはずなのに、どうしてこうも違うのかと柚子は戸惑う。

時折柚子の話となり、玲夜との惚気話を挟んだり、料理学校へ行っている話もしたりした。

だが、玲夜との話題では一同から微笑ましそうに見られ、料理学校へ通っていることは驚かれたものの、穂香のように過剰に反応する者はいなかった。

むしろ応援するような言葉をかけられたぐらいだ。平和すぎて逆に困惑してしまう。

すると、なにかを察した沙良に声をかけられる。

「柚子ちゃん。今、思ってたのと違うって考えてたでしょう?」

「はい……」

的確に柚子の心の声をついた沙良に、柚子は頷くしかできない。

そのやり取りを見ていた花嫁のひとりが問う。

「あら、どういうことですか、沙良様?」

「柚子ちゃんが初めて参加した前回は、穂香ちゃんたちを呼んだ回だったのよ」

「あらあら、それは。新人の洗礼ですわね」

「大変でしたでしょう?」

花嫁たちが憐憫《れんびん》を含んだ眼差しで柚子を見た。

「あ、えーと……」

柚子は反応に困り曖昧な言葉しか出てこない。

そんな柚子に花嫁たちはクスクスと笑った。

「穂香様を中心とした一部の花嫁はあやかしである旦那様を嫌って……いえ、憎んでいますからね。自分をなにより不幸だと感じていらっしゃるのですわ」

「でも、決して穂香様たちの被害妄想とも言えないので、私たちも穂香様たちと会をご一緒する時は言葉に気を付けているんですの」

「穂香様たち一部の花嫁の旦那様はなんというか、過激と言ったらいいのでしょうか……。うまく言えないのですが、とりあえずすごいのです」

「ええ、すごいのですよねぇ」

別の花嫁が同意すると、また別のひとりが頬に手を当てて頷く。

すごいってなに!?と柚子は思ったが、それ以上の単語が花嫁たちから出てこない。

「あの、それってどういうことでしょうか？」

「思わず語彙力を失ってしまうすごさなのですよ。柚子様もいずれどこかのパーティーで彼女たちの旦那様にお会いしたら分かりますよ」

「はあ……」

明確な答えはもらえぬままで、柚子は首をかしげる。

「あの方たちとお会いするたびに自分の旦那様の懐の大きさを感じるのですが、そうでなくとも柚子様の旦那様は懐が大層大きな方のようですものね」

「ええ。働くのを許すなんてなかなかできることではありませんわ。きっと旦那様を惚れ直してしまうのではないかしら」

うふふと、花嫁たちは微笑ましそうな眼差しで笑った。

結局柚子は、前回の花茶会に出席した花嫁たちの旦那のなにがすごいのかよく分からなかったため、愛想笑いをするに留める。

だが、どうやら穂香の旦那が他の花嫁の旦那と比べてかなりヤバいというのはなんとなく伝わってきた。

前回、花茶会に参加した穂香を始めとする花嫁たちは特に旦那からの締めつけが強く、この場にいる花嫁たちの旦那は比較的自由にさせてくれるらしい。

会えば分かるらしいが、できるなら会いたくないなと柚子は思った。

話は変わり、いつまで撫子と沙良が主催者でいるのかという話題に。

「できればいつまでもおふたりに会を率いてほしいですが……」

「私もそうしたいのだけど、撫子ちゃんも当主として忙しいし、年々花茶会を開く回数が減ってきているのを私も撫子ちゃんも気にしているのよ」

沙良がそう申し訳なさそうに告げると花嫁たちは残念がったが、それ以上を求めはしなかった。

「大丈夫よ。しばらくは私たちが続けるし、その後はちゃんと柚子ちゃんと桜子ちゃんが花茶会を続けていってくれるから」

中には不安そうな表情をわずかに見せた花嫁もいたが、比較的好意を持って受け入れられているようで嫌な顔はされなかったのが幸いだった。

ほっとした表情を浮かべた者がいるところを見るに、やはり花嫁にとって花茶会は息抜きになっているのだろう。惜しんでいるのがよく伝わってくる。

「あの、それについて質問してもいいですか？」

柚子がおずおずと手を上げる。

「あら、どうしたの、柚子ちゃん？」

「いつも送られてくる招待状のことなんですけど……」

「撫子ちゃんが送ってるものよね。それがどうかしたの？」

「私では撫子様のように狐をお使いに出せないんですが、あれってどうしましょうか？」

予想外の発言だったのか、沙良は目を丸くしている。

撫子も一瞬の沈黙の後、「ほほほほ」と楽しげに笑い声をあげた。

「柚子はそのようなことを気にしていたのかえ？　かわいらしいものよのう」

「あらあら、柚子ちゃんったら」

沙良と撫子があまりにも笑うものだから、柚子は自分の発言が恥ずかしくなってきた。

しかし、ここで思いもせぬ助け船が出る。

「柚子様の気になる気持ちは分かりますわ。私も毎回送られてくる狐の折り紙を楽しみにしておりますもの。折り紙が狐へと変身する様は何度見ても不思議でなりませんものね」

「私もそうです。いつ見てもかわいらしいですもの」

「確かにあの狐さんがなくなってしまうのは悲しいですね」

次々に花嫁から狐を惜しむ言葉が続く。

やはりあの狐を愛らしく感じているのは自分だけではなかったと知って柚子は嬉しかった。同志を得た気分だ。

「どうやらわらわが思っているより、あの狐を楽しんでくれておるようじゃな。わらわも作りがいがあるというものよ」

「確かにあの使役獣は人間には作れないものね」

沙良も納得顔だった。

東吉も作れないと昔言っていたので、弱いあやかしにも作るのは難しいそうだ。

「だったら桜子ちゃんに作ってもらえばいいわ」

名案だと言わんばかりに沙良は両手を合わせた。

「桜子さんもああいうのが作れるんですか？」

桜子に視線が集まると、桜子はにっこりと微笑んだ。

「撫子様のように上手に作れるかは分かりませんが、似たようなものは作れると思いますよ」

「だそうよ。よかったわね。柚子ちゃんが主催者になった時には、桜子ちゃんに招待状を作ってもらえばいいわよ」

「ええ。お任せください」

問題は解決したと、沙良は笑顔で手を叩いた。

それに追随するように、他の花嫁も喜びを表して手を叩く。

「桜子様が作られるなら狐ではなく小さな鬼なのかしら？」

「あら、全然違う子かもしれませんよ？」

「どんな使役獣がお使いに来るのか今から楽しみですね」

柚子と桜子が後を引き継ぐ件は、受け入れられた様子。この日の花茶会はなんとも平和な空気のまま終わりを告げた。


花茶会が終わり、招待客が帰った後、撫子に呼び止められる。

「柚子。せっかくこの屋敷に来たのだから、ここの社にも参っていっておくれ」

「私などが、いいんですか？」

神から与えられた社だと知った今、部外者である自分が安易に近付いていいものなのだろうか。

「うむ。その方が喜ばれると、そこの龍にも助言されたのでな」

柚子の腕には、花茶会の最中どこかへ消えていた龍が戻ってきて腕に巻きついていた。

「喜ぶって神様がですか？」

なぜに自分だと喜ばれるのか、柚子はいまいち理解できないでいる。

「その通りじゃ。ここへ来たら必ず参っていっておくれ」

「分かりました」

撫子がそう言うのなら、断る理由もない。

撫子について屋敷内にある社へ向かうと、手をパンパンと鳴らして静かに参った。

それ以上特になにをするわけではなかったが、以前に来た時より違和感を覚えた。

強い気配とでもいうのだろうか。そこになにかがいるような気がする。

それはただの直感。けれど、決して悪いものではないとなんとなく思えた。

『……ず……』

三章

花茶会から数日後のこと。

「……ねえ、玲夜？」

「なんだ？」

「まだ昼間なのにいいのかな？」

柚子は今、後ろから玲夜に抱きしめられるようにしてベッドに寝っ転がっている。

今の状況に疑問を抱きながらも玲夜の腕から抜け出せずにいるのは、嫌ではないからだ。むしろ、できればこのまま一日過ごせないかとすら思っている。

しかし、昼間という時間にわずかな背徳感を抱いていた。

柚子は玲夜の腕の中にいたまま、ぐるりと体の体勢を変えて向き合うようにした。

そうすれば互いの顔がよく見える。玲夜が非常に機嫌がよさそうだというのも分かった。

部屋には柚子と玲夜のふたりだけ。いつもはそばにいる子鬼も龍もいない。玲夜がまろとみるくとともに寝室から追い出してしまったのだ。

今頃は柚子の部屋にでも行って文句でも言い合っているかもしれない。

「そもそも仕事は大丈夫なの？」

「今日は休みだから問題ないだろ」

柚子がストーカー被害に遭った直後は、沙良の計らいで仕事を千夜に押しつけて休みを取っていた。しかし柚子が学校に通えるようになった後は、それまでの休みの分を取り返すように毎日忙しくしていた。

なので、やっとひと息つけたところなのだが、だからといって昼間からベッドの上でゴロゴロしていていいものだろうか。

「たまにはこんな風にのんびりするのもいいだろう。仕事でなかなか柚子のそばにいてやれないからな。いっそ桜河《おうが》を社長にして仕事を押しつけるか……」

冗談というわけではなく、玲夜は本気で悩んでいる。これは桜河の危機だと柚子は察した。

「さすがに桜河さんがかわいそうだよ」

桜子の兄で、分家筆頭の鬼山《きやま》家の御曹司。秘書である高道のように普段から玲夜を支えてくれている人だ。どことなくチャラい印象を受けるが、仕事はできるらしい。

それに、柚子から見て、桜河はその軽薄そうな雰囲気と違い、結構な苦労性ではないかと思っている。

高道とも仲がよく、桜子情報によると高道の愚痴を普段から聞いているようだし、玲夜からは難題をたびたび課せられているという話だ。

これ以上仕事を増やしたら桜河が泣いてしまうのではないだろうか。

「まあ、確かに。柚子が学校を休んでいたしばらくは父さんが仕事を裁いてくれていたが、案外早くに音をあげたと桜河が報告してきたな。いつもより仕事が増えたと嘆いていた」

「えっ、でも、玲夜はお義父様が本気を出せばすぐに片付けられるぐらい仕事ができるみたいなこと言ってなかった？」

「本気を出せばな。父さんが真面目にやるとは言ってない」

「…………」

柚子は心の中で静かに桜河にエールを送った。

桜河は鬼龍院親子にかなり振り回されているのではないだろうか。なんて不憫なんだ。

いや、そもそもは柚子が変な人に目をつけられてしまったのが原因である。柚子が菓子折を持って謝りに行かねばならないのかもしれない。玲夜に聞いたら必要ないと切り捨てられそうだが。

「そういえば、柚子。社には行っているのか？」

「うん。学校帰りに毎日行ってるよ。でもね、そこに行くとなぜかまろとみるくも必ずいるんだよね。いったいいつの間に屋敷を抜け出してるんだろ？　雪乃さんに聞いても知らないうちにいなくなってるらしいの」

「まあ、見た目は普通の猫だが、龍と同じ霊獣だからな。それより……」

玲夜はじっと柚子に目を合わせる。まじまじと見られて柚子も居心地が悪い。

「なに？」

「いや……。最近なにか変わったことはないか？　体調とか」

「体調？　別にないけど？」

急になんの話かと柚子はきょとんとする。

「……それならいいんだが」

「なに？　なんか玲夜らしくなく歯切れが悪いなぁ」

変わらずベッドに横になりながらクスリと柚子が笑えば、玲夜はそっと指の背で優しく柚子の頬を撫でる。

柚子はうっとりと目を細め、玲夜も柔らかく微笑む。

愛おしいほどの時間が流れる。

「体になにか異変があったらすぐに知らせるんだぞ」

「今のところ元気だから大丈夫よ。それに、龍によると龍の加護を得てる私は病気にならないんだって。確かに言われてみたら龍が来てから風邪とかひかないなぁって」

「そうか。そんな効果があるなら少しはマシか」

なにやら真面目な顔をしている玲夜に、柚子は不思議に思った。

「なに？　なんかさっきから私の体調を気にしてるみたいだけど。なにかあるの？」

「柚子は自分で気付いてないか？　柚子から少しだが、霊獣たちと同じような力を感じる。あやかしや陰陽師の持つ霊力とは違う、もっと清らかなものだ」

「えっ！」

柚子は思わず上半身を起こし、玲夜を見つめる。玲夜の目は真剣そのもので、冗談というわけではなさそうだ。

「それって龍といつも一緒にいるからじゃなくて？　ほら、玲夜と一緒にいると私から鬼の気配がするってにゃん吉君がよく怖がってたし」

「なら今までも感じていたはずだ。柚子から感じるようになったのは最近だぞ」

「えー」

そう言われても原因の心当たりがない。

「どうして？」

「さあな。俺には分からない。だが、もしかしたら社に通っているのがなにかしらの影響を及ぼしているのかもしれないな。柚子には神子の素質があるようだし」

自分で話題にしておきながら、玲夜は特に興味がなさそうな様子。むしろ柚子の方が大事だというように、離れた柚子を再び腕の中に引き寄せる。

「柚子の体になにも問題がないならそれでいい」

「玲夜ったら、どうでもよさそうにして。そんなこと言われたら、私の方が気になってきたんだけど」

「忘れろ。今は俺といる方が重要だ」

そう言い、こめかみにキスを落とした後、上から覆い被さり深いキスをされ、柚子は考えるのを放棄せざるを得なくなった。

昼食をのんびりと食べると、柚子と玲夜は外に出かけた。

ずっと延期にしていた完全オーダーメイドの指輪をようやく作りに行くのだ。

柚子は既製品でも全然よかったのだが、玲夜がこだわりを見せたために結婚式には間に合わなかった。

そもそも鬼の一族では指輪の交換なんてものがないので、これはただ玲夜と同じ指輪をしていたいという柚子の我儘《わがまま》に玲夜が応えてくれたようなものだ。

これまでは玲夜の瞳と同じ、血のように紅い石のついた婚約指輪が既婚者だという証だったが、やはり婚約指輪とは別に結婚指輪がどうしても欲しかった。

柚子は普段料理学校で料理を作るので、衛生面を考えチェーンに通して首から提げている。

実際にお店で料理を提供する時には手袋をはめるなどして対応できるが、卒業するまでは常時指にはめるのは難しいだろう。

けれど、玲夜はずっとつけてくれるというので、玲夜の指に光る指輪を見るだけでも幸せな気持ちになりそうだ。

着いたお店は、予想していた有名ブランドの高級店とは違ったので柚子は拍子抜けした。

玲夜が高道に頼んで厳選したオーダーメイドの指輪を作ってくれるお店と聞いていたので、てっきり柚子でもよく知る高級店かと思っていたのだ。

清潔感はあるごくごく普通のガラス張りのお店で、アクセサリーを飾ってあるショーケースが外から見える。

そこは高級店とも変わりないようだが、立てかけてある看板に書かれた名前は聞いたことのないものだった。

「玲夜、ここ?」

「ああ」

「全然知らないお店だね」

ただ自分が知らないだけかもしれない。柚子とてファッションに明るいわけではないので、知らないブランドはたくさんある。ただ、普段利用している店と違ったので不思議に思っただけだ。

玲夜が選んだのだから下手な店であるはずがなく、そこは信用しているので見知らぬ店だったとしても柚子にはなんの問題もない。

が、次の玲夜の言葉は柚子を驚かせるものだった。

「柚子との指輪を作るために新しく建てた店だ」

「……は？」

一拍の沈黙があったのは、玲夜の言葉が理解不能だったからだ。

「どういうこと？」

なにかとても恐ろしい発言をした気がする。

「指輪を作るに当たって腕のいい職人を探したんだが、かなりこだわりが強い奴で、それまで勤めていた店と揉《も》めて辞めさせられたらしい。無職になったから無理だと断られた。なら店を建ててやるから最初の仕事に指輪を作れと交渉してできあがったのが、この店というわけだ」

「いろいろとツッコミどころが多くて、なにがなにやら」

「こんなに指輪を作るのが遅くなったのも、店を準備するのに時間がかかったからでもあるんだ。本当は結婚式には間に合わせたかったんだが。悪かったな」

柚子は頭を抱えた。問題なのは遅くなったことではない。どこの世界に、指輪を作らせるために店から建ててしまう者がいるだろうか。

いや、ここにいたか。

「あい〜」

「や〜……」

柚子の肩に乗る子鬼たちもあきれているのか、なんとも言えない表情をしている。

「玲夜。ここまでしなくとも、別に普通のお店でよかったのよ？」

「一生に一度のものだ。妥協はするべきじゃない」

頑なな玲夜に柚子は遠い目をした。

恐らくいろいろと手配したのは高道だろうが、指輪のために店を作ると聞いて呆気《あっけ》に取られただろう。できれば止めてほしかった。

「そいつは婚約指輪も手がけた奴だから腕は確かだ。しかし、嫌なら別の店でもいいぞ？」

「いやいや、ここでいいです。ここが、いいです！」

拒否などできるはずがない。そんなことを言ったら、用がなくなったこの店はどうなるのだ。怖くて聞けない。

「そうか。柚子が気に入ったなら、今後もこの店でアクセサリー類を注文しようと思っていたんだ。結婚指輪だけじゃなく、欲しいアクセサリーがあったら一緒に注文したらいい。今後も欲しいものができたら気軽に利用するといいぞ」

「う、うん。ありがとう」

玲夜の愛が重い……。

悪い意味でそう思ったのはこれが初めてかもしれない。

いや、愛ゆえというより、玲夜の金銭感覚がぶっ壊れているのか。

さすが鬼龍院。玲夜にとったら店ひとつ作るぐらいわけないのだろう。

久しぶりに玲夜との生まれの違いを感じた瞬間だった。

玲夜から引き抜きにあった職人とはどんな人だろうかと、興味半分怖さ半分で店に入る。

店員をしていたのはなんともかわいらしい女性で、ひと目であやかしだと分かった。

女性はにこやかに「いらっしゃいませ〜」と呼びかけたかと思えば、玲夜の姿を見て慌てて裏へと行ってしまった。

奥から大きな声で「藤悟《とうご》さーん！　鬼龍院様が来てるよ〜！」という声が聞こえてきたので、件《くだん》の職人を呼びに行ったのだろう。

「もしかして職人さんもあやかし？」

「ああ」

「あやかしなのに雇われ社員で無職になってたの？」

「あやかしだからといって、誰もが俺のように会社の経営に回っているわけじゃない。まあ、いい家柄の生まれではあるがな」

柚子の知るあやかしというと、皆どこぞの御曹司だったりご令嬢だったりして、家の仕事をしているイメージが強い。

それなのに会社と揉めて無職になるとは、急に親近感が湧いてくる。

待っている間に店内を見回してみると、商品がたくさん並べられていた。

「これも全部手作りなのかな？」

「ああ。初めの仕事は俺たちがオーダーメイドする指輪をと頼んでいた手前、まだ客は入れていないんだ。だが、来週からは客を入れる予定なのに店内になにも置かないわけにはいかなかったから、あいつがこれまでに作った試作品を置いて売ることにしたようだ」

玲夜の口にする『あいつ』という言い方に引っかかりを覚えた。

「試作品なのにすごくかわいいね。このネックレスなんて素敵」

値札がついていないことに不安を覚えていると、先ほどの店員が戻ってきた。後ろにもじゃもじゃと髪を爆発させた眼鏡の男性を伴っている。

無精ひげも生えており、かなり野暮ったい。あやかしとは美しいものという概念を覆した容姿に、柚子は静かに驚いた。

「あれ～。玲夜じゃん。約束って今日だっけ？」

「藤悟。お前は相変わらずだな」

あきれるような玲夜の声色には親しみが含まれており、柚子は再度驚く。

「玲夜の知り合い？」

もちろん、腕がいいと言うのだからある程度の顔見知りだろうが、ふたりからはそれ以上の関係がうかがえる。

「あー、君が玲夜の花嫁ちゃんね。よろしく。俺は孤雪藤悟ってぇの」

気だるそうに自己紹介をした藤悟という男性の名字に、柚子は気が付く。

「孤雪？　撫子様と同じ名字？」

すると、藤悟は苦虫を噛《か》みつぶしたような顔をする。

「あー、うん。撫子は俺の母さんね」

「うえ!?」

ここに来て何度驚いただろうか。

柚子は確認を取るように玲夜に視線を向けると、同意するように頷かれる。

柚子はもう開いた口が塞がらない。

「えー」

もう一度藤悟を見ても、やはり信じられない。どこをどう見ても、あの艶やかで存在感のある撫子とは似ても似つかないのだ。

彼はむしろ存在感は薄い方である。いや、個性的な容姿なので、その点では目立つ

かもしれないが、あまりいい意味でないのは確かだ
顔は……爆発したかのような髪と長い前髪が邪魔でよく見えない。さらには、無精ひげとなにかの作業でついたと思われる汚れた服のせいで、清潔感は皆無である。

「こいつは間違いなく妖狐当主の末の息子だ。それと、藤悟は俺の同級生でもある」

「玲夜と同い年!? 嘘《うそ》だ」

「その反応失礼じゃね？ そこまで驚かんでもさ」

「すみません。でも……」

どうやっても藤悟は玲夜の十歳は上に見えるのだから仕方ない。

「あやかしでもいろいろなんですね」

柚子は感心した様子でつぶやいた。

「なんか含みのある言い方だなぁ。まあ、俺は特に母さんより父さん似だしなぁ。長男は一番母さんに似てるから、会う機会があったらよろしくしてあげて」

「そうなんですね」

残念ながら柚子は撫子の旦那には会ったことがなく、どんなあやかしなのか知らない。撫子とはそれなりに会っているのに、息子がいたのも初耳である。

彼女から家族の話が出ないのは教えたくないからなのだろうかと邪推してしまう。

花茶会では主に花嫁たちの話を中心に回るので撫子の家族のことまでは分からな

かった。

今度聞いてみてもいいのだろうか。

撫子によく似ているという長男には非常に興味がある。妖狐の次期当主かもしれないのだ。そのあたりの事情も、一度玲夜から教えてもらった方がいいかもしれない。

柚子は、いずれ鬼の一族の当主となる玲夜の妻なのだから知らずに恥をかくよりはずっといいはずだ。

「それにしても、玲夜に友達がいるなんて初めて知った。披露宴には出席されてなかったですよね？」

高道から忠言されて、出席者の名前は一応覚えている。

撫子が来ていたのは知っているが、他に孤雪の名はなかった。あれば強く印象に残っているはずだ。

「あー、あの時は会社と揉めて辞めさせられて、無職になってどうしようって時に玲夜から指輪を作れって脅迫されて悩んでたから、忙しくて出席しなかったんだよなー。店をくれるって言われて結局飛びついたんだけど。いやぁ、持つべきは財力がある友達だよなー」

藤悟はヘラヘラと笑っている。

「でも、撫子様のご子息なんですよね？　財力なら十分あるのでは？」

鬼龍院に及ばないまでも、孤雪家とてかなりの資産家だ。無職を百人養ってもあまりある財力がある。

なにせ、一龍斎にとどめを刺す一手となったほどなのだから。

「なに言ってんの。心身ともに健康なのに、この年になっても親のすねをかじるのは恥ずかしいじゃん」

「そ、うですね……」

見た目に反して意外に常識的な返しだったので、柚子は一瞬言葉を詰まらせた。しかし。

「ま、玲夜のすねはかじりついて絶対に離さないつもりなんだけどさー」

「おい」

珍しく玲夜がツッコんだ。

藤悟は声をあげて「あっはっはっはっ」と豪快に笑いながら玲夜の背中をバシバシと叩く。

玲夜は藤悟をギロリとにらみつけ、舌打ちする。

「長話はそれぐらいにして、頼んだものを作れ。でないと援助を打ち切るぞ」

「えー、それは勘弁。しゃーない。オーナーのおっしゃる通りお仕事頑張るとしますか。じゃあ、そこ座って」

店内にあった丸テーブルと椅子のある場所に案内されて座る。

藤悟はスケッチブックと鉛筆を手に、質問を始めた。

「で、どんなのにしたいの？　あ、玲夜は後でいいから花嫁ちゃんお先に」

玲夜は眉をひそめながらも反論する気はないのか静かにしている。

その間、柚子と手を絡めるのは忘れないあたりが玲夜である。

「えっと、私はせっかくオーダーメイドするなら、他にはないオリジナリティのあるものがいいです」

「うんうん」

「石は小さくていいから、その分デザインが凝っていて、シンプルだけど細工がしっかりしたものを――」

「ほーほー」

藤悟は柚子の出す注文にいちいち相づちを打ちながら、スケッチブックに鉛筆を走らせ続けた。

これ以上はないというほど希望を出し、ひと息つく。玲夜に視線を向ければ、愛おしそうに柚子を見つめる眼差しと合い、柚子ははにかむ。

「それで、玲夜からはないの？」

「俺たちに似合うものを作れ」

「なにその横暴。簡単に思えてめっちゃむずいじゃん」

「お前の腕は信用しているからな」

鼻を鳴らす玲夜は不敵な笑みを浮かべており、それはまるで藤悟を挑発するかのようだった。

それに応じるように藤悟もニッと口角を上げる。

「そんな風に言われたら、その挑戦受けないといけないよなー。任せとけ。最高の結婚指輪を作ってやるよ」

「ああ」

ふたりのやりとりを見て、柚子はなんだかドキドキしてきた。

一部の例外を除き、他人には無関心な玲夜がこれほど気安く話す相手を見た覚えがなかった。

柚子との関係とも違う。高道との主従関係とも千夜との父子の関係とも違う、対等な者同士のやりとり。

鬼龍院の次期当主であり、人の上に立つことを自然としてしまえる玲夜と同じ目線で話せる人に柚子は初めて会えた。

ふたりの会話が特別なもののような気がして、胸が高鳴るのが分かる。

ここに桜子を連れてきたらどうするだろうか。きっと今の柚子の言葉にできぬ喜びを共感してくれるのではないだろうか。

ただし、桜子がまた別の負の遺産を量産するかもしれないというデメリットがあるので連れてくるか悩むところだ。

いや、そもそも桜子なら藤悟の存在を知っているかもしれない。今度ぜひとも聞いてみようと、柚子は静かに興奮していた。


藤悟の店を出た後は、ふたりでデートをする。

デートといっても、町をブラブラと歩くだけ。けれど、柚子にはそれだけでも十分に楽しいひと時だ。

世の夫婦なら普通にしているありきたりなことも、柚子と玲夜にはなかなか難しい。

現に少し離れて護衛がついているのを視認してしまう。

あやかし――特に鬼は見目がいいせいですぐに分かってしまうのが難点だ。

護衛の姿を見ると、ふたりっきりでないのを実感させられ現実に戻されたような気になる。

けれど、日本のトップに立つ鬼龍院である玲夜の妻でいるには仕方のないことだと柚子も理解していた。

ひいてはそれが柚子を守るのにつながるのだから。

いのだ。

というか、護衛は玲夜のためというより柚子のためにつけられていると言ってもいい。玲夜自身はあやかしでも千夜に継ぐ実力者なのだから、護衛など必要としていな

ふたりだけのデートのつもり……子鬼は置いておいて、そのつもりで歩いていると、柚子の目に入ってくる店があった。

「あっ、おじいちゃんの好きなチーズケーキのお店だ」

思わず足を止めた柚子に、玲夜が微笑み頭をポンポンと撫でる。

「ならこの後、土産を持って会いに行くか？」

「いいの？」

「ああ」

最近はなんだかんだと私生活が忙しく、祖父母と会えていなかった。

学校で事件があったことも、祖父母はニュースで知った。

鬼龍院によって情報規制がかけられていたため、まさか柚子が関わっているとは思わず心配になって電話してきて、そこでようやく詳しい状況を聞いたのだ。

電話口の向こうで大層驚いていたのが伝わってきて、本当に申し訳なかった。心配をかけまいと話をしなかったのがどうやら裏目に出たようだ。

なんとか無事であると納得してもらったが、それ以後もまったく会いに行けていな

い。

きっとかなり心労をかけただろうに、なんて祖父母不幸な孫だろうか。

なので玲夜からの申し出はすごくありがたく、なにより嬉しかった。

「じゃあ、私並んでくる！　玲夜はここで待ってて」

「一緒に行く」

「だ、大丈夫！　すぐそこだから。子鬼ちゃんも一緒にいるし、私だけで行ってくるから」

「分かった」

素直に引いてくれた玲夜にほっとする柚子。

お店に並んでいるのは若い女性が多く、玲夜が気付いているかいないか分からないが、先ほどからこちらに熱い視線を向けてきていた。

視線の先はもちろん玲夜。誰よりも美しい鬼は、そこにいるだけで人間を魅了してやまないようだ。

目がハートになる気持ちは同じ女としてよく分かったが、なんだか玲夜をじろじろ見られるのが不快だった。

見るだけならまだしも、女子高生とおぼしき集団がスマホを向けているのを柚子は見逃さなかった。写真でも撮ろうとしているのだろう。

そんな場所に玲夜を近付けるわけにはいかない。鴨《かも》がねぎを背負《しょ》ってやってくるようなものだ。

玲夜を見せたくない。独り占めしたい。

「玲夜をどうこう言えないなぁ……」

玲夜の愛が重いとあきれつつ、自分もなかなかの重さだと柚子は自分を顧みる。

前はこんなに嫉妬するなんてことは少なかったように思うのだが、結婚してから悪化した気がする。

醜いただのやきもちだと分かっているので、玲夜には知られたくない。

柚子は子鬼を肩に乗せたまま、道路を挟んだ向かいの道へ行き、店の列に並んだ。

普段から人気のあるお店なので、柚子の順番が来るまで時間がかかった。

待っている間、件の女子高生が柚子をチラチラと見ていたのが気になったが、どうすることもできない。

玲夜を待たせているのを申し訳なく思いながら、ようやく柚子の番になり目的の商品を注文し、会計をしていると……。

「あーいあーい」

「あい！」

子鬼が小さな手でペシペシと柚子の頬を叩く。叩くといっても軽くつつくようなもので、全然威力はない。

「子鬼ちゃん、どうしたの？」

「玲夜が浮気してる」

「浮気だー」

「はっ!?」

秒で反応した柚子は、玲夜が待っているはずの信号の向こう側に目を向ける。

すると、柚子より前に並んでいた女子高生数人が玲夜の周りを囲んでいるではないか。

明らかに逆ナンしているのが分かる。女子高生たちの声が大きいので、柚子のところまでわずかに「一緒に行こうよ～」なんて、誘う声が聞こえてきていた。

これは一大事。慌てて商品を受け取り向かおうとするも、赤信号が柚子の行く手を邪魔する。

その間に玲夜があしらってくれたらいいものを、普段なら言い寄ってくるような輩には冷たい玲夜が静かに女子高生たちの話を聞いているのだ。

そんな姿になにやらムカムカとしてくる柚子は、玲夜に対しても若干の怒りを感じてきた。

なぜ拒否しないのだろう。まさか好みの女性が女子高生の中にいるのか!?なんて馬鹿なことを本気で考えながら、青信号になると駆けだした。

「玲夜！」

息を切らしながら、柚子は玲夜の腕に抱きつく。

玲夜は走って乱れた柚子の髪をそっと直してくれた。

そんな些細《ささい》な仕草にときめきながら、女子高生に目を向ける。

さすがに透子みたいに喧嘩を売る強さはないので、困ったように眉を下げて静かに見るだけだが、玲夜は渡さないと目で訴えながら玲夜の腕にしがみついた。

すると、玲夜が口を開く。

「悪いが、妻が来たからここまでだ」

女子高生たちは声をそろえて「えぇー」と不満そうに声をあげる。しかし、その時にはもう玲夜の目には柚子しか映っておらず、女子高生たちに背を向けた。

「あれが奥さんとかあり得なーい」

「釣り合ってないよね」

などといった声が聞こえてきて地味に傷ついたが、事実ではあるので反論できない。

もし自分が桜子並みの綺麗さだったら、あんな不満は言われなかっただろうに。

そう思うとなんだか気分が落ち込んだ。

すると、柚子の気持ちを察したように玲夜が柚子の頬を撫でる。

「気にするな。見ず知らずの他人の言葉など聞き流せばいい。俺の唯一は柚子だけなんだから」

欲しい時に欲しい言葉をくれる玲夜の優しさに胸がぎゅっとなる。

「玲夜。あの人たちとなに話してたの？」

「たいした話じゃない」

「だって、なんか誘われてたの聞こえてたもの。ナンパされてたの？」

どこか拗ねたような柚子の表情に気付いた玲夜は、意外そうに目を見張った。そして、意地悪く笑ったのだ。

「なんだ、柚子。あんな小娘たちに嫉妬したのか？」

「そんな。やきもちなんて焼いて……なくもない……けど」

言葉は尻すぼみになり、柚子は恥ずかしそうに顔を俯《うつむ》かせる。

すると、玲夜の手が柚子の顔を上に向けさせ、軽く触れるキスをされた。

びっくりして目を大きくした柚子は声を荒らげる。

「玲夜！　ここ、外！」

しかも道の往来で、周囲には多くの人が行き交っている。

さらに玲夜の容姿のせいで人目を集めていたので、キスをした場面はたくさんの人に見られてしまったはずだ。

そんな柚子の焦りをよそに、玲夜はくっくっくっと笑った。

「笑い事じゃないんだけど」

少々怒りを含んだ声も玲夜を喜ばせるだけだったようで、機嫌がよさそうに笑みを深める。

「柚子がこんなに分かりやすく嫉妬するのも珍しいな」

そう言われると反論の言葉が出てこない。

「うう……」

これまで玲夜に関係のある人に対してやきもちを焼いた経験はあるが、通りすがりの人まで対象に入れるなんて……。

黒歴史を作ってしまったように恥ずかしがる柚子の一方で、玲夜は愉快げに笑っていた。

「なんでそんなに笑うのよ」

じとーっとした眼差しで見上げれば、優しく頭を撫でられる。

「柚子に嫉妬されて嬉しいからに決まっているだろ。柚子から愛されていると実感する」

「私は恥ずかしい……」

「逆に俺が柚子に近付いた男に嫉妬したらどうする？」

「……嬉しい、かな？」

疑問形になるのは、嬉しい以前に玲夜の嫉妬の矛先となった相手の身の安全が心配になってくるからだ。純粋に喜びを堪能できない。

「だからといって、あまり俺を嫉妬させるなよ？」

「玲夜もね」

きっと自分たちは端から見たらバカップルと呼ばれるものなのだろうなと、柚子はむずがゆくなった。

「それより、彼女たちとなにを話してたの？」

まだ話は終わっていないぞとばかりに、じとっと玲夜を見上げる。

「最近の女性に人気の店を聞いていただけだ。柚子と行こうと思ってな」

「そう、なの？」

この答えは柚子の予想外だったので呆気に取られた。

「やはりネットで調べるだけじゃなく、生の声を聞くのも大事だからな」

しかし、玲夜自ら情報収集するとは高道もびっくりだろう。

「それは確かに」

「おかげで一緒に行かないかと誘われて面倒だったが、柚子が嫉妬してくれたから結果的には大収穫だな」

急に恥ずかしくなってきた柚子は話をそらすべく玲夜の腕を引く。

「は、早くおじいちゃんとおばあちゃんに会いに行こう」

「ああ。そうだな」

玲夜はくっと笑い、柚子の手を握った。

四章

楽しいデートをした週末が明けると、玲夜は出張に出かける。数日留守にするのだ。

結婚してからは初めての出張とあって、寂しさもひとしお。スーツ姿で今まさに出かけようとしている玲夜に柚子はぎゅうっと抱きつく。

玲夜も時間いっぱいまではされるがままになってくれるらしく、同じように柚子を抱きしめ返しながら頭にキスをする。

こんな風に柚子の方から想いを体現できるようになるとは、ずいぶんと成長したものだ。

「できるだけ早く仕事を終えて帰ってくる」

「うん。頑張ってね。でも、無理はしないでちゃんと休んでね」

「夜には電話する」

「待ってる」

そうして行ってしまった玲夜のいない屋敷で、柚子は思わずため息をついた。

「すぐお帰りになりますよ」

雪乃が慰めてくれる。それに対して柚子は力なく微笑み返すしかできない。

雪乃の気遣いはありがたいが、どうしようもなく喪失感を覚えてしまう。

すると、まろが柚子の足に頭を擦りつけてくる。まるで自分がいるから大丈夫と言うように。

「慰めてくれてるの？」

「アオーン」

「ありがとう、まろ」

『我もおるぞ』

するりと柚子の腕に巻きついた龍に続き、子鬼たちも柚子の肩に登ってきた。

「あーい！」

「あいあい！」

どうやら玲夜がいなくとも賑《にぎ》やかさは変わりないようで、自然と柚子の顔に笑みが浮かぶ。

「ありがとう」

これなら何事もなく乗り切れそうな気がした。


玲夜が帰ってこないため、急いで屋敷に帰宅する必要もない。柚子は学校が終わると、日課のようになっている社のお参りを済ませてから猫田家を訪れた。

快く迎えてくれる透子。残念ながら東吉は仕事で不在だった。

大学を卒業後、東吉は家業の手伝いをしており、玲夜ほどではないが忙しくしているらしい。

幅広く事業を展開している猫田家の跡取りとして覚えることも多いようだ。

「にゃん吉君も忙しいみたいだね」

「そうなのよ。せっかく莉子が生まれたのに、なかなか遊んであげる時間がないって嘆いてたわ」

透子もどこか寂しそうに感じるのは柚子の気のせいではないだろう。

玲夜が出張でいない今は透子の気持ちがよく分かる。

とはいえ、花嫁である柚子たちがどうこうできる問題でもない。手伝えるものならそうしたいが、あやかしは花嫁を働かせるのを嫌がるのだ。

バイトをしたり、料理学校に行って店を出そうとしたりしている柚子が例外というだけである。

「柚子は大丈夫なの？　若様いなくて寂しくて泣いちゃうんじゃない？」

「そこまで子供じゃないよ。これまで出張とか泊まりでの仕事がなかったわけじゃないし」

「お互い忙しい旦那様を持つと大変ねぇ」

「だね」

まったくだと、柚子は困ったように息を吐いた。

「でもさ、にゃん吉が働き始めて思ったんだけど、にゃん吉のスーツ姿に思わずときめいちゃうのよねぇ」

不本意そうな透子に、柚子はクスクスと笑いながら頷く。

「でも、分かるかも。私も玲夜がスーツ着てるといつも以上に格好よく見えるもの」

普段、屋敷内では和服の玲夜は、仕事に出かける時だけスーツになる。

デートの時にするラフな格好の威力もすさまじい。和服とのギャップにドキドキしてしまうのは柚子だけではなく、屋敷で働く女性たちも同じだと思っている。

「スーツを着ると、なんだか一気に大人びたように見えるのよねぇ。中身は一緒なのに、スーツマジックだわ」

「にゃん吉君がそれ聞いたら喜ぶんじゃない？」

「調子に乗るから駄目よ。ここだけの話にしておいて」

透子の言い方に、柚子はクスリと笑った。

「了解」

なんでも率直な意見を口にするのが常の透子も、東吉に関することには恥じらいがあるのかもしれない。東吉にとったら残念な話だ。

「それに、大人びて見えるっていっても、若様ぐらいの色気が出ればもっといいんだけどねぇ」

「それはちょっと……」

難しいのではないかと思う。

そもそも東吉と玲夜では、同じ整った容姿でもタイプが違うのだ。どこか色気をまとった玲夜と明るく健康的な美しさを持った東吉では、平行線のままで交わることはない気がする。

「まあ、にゃん吉じゃあ若様の足元にも及ばないわよねぇ」

透子はケラケラと笑っているが、絶対本人の前では言わない方がいいと思う。ショックを受けて落ち込む東吉の姿が目に浮かぶようだ。

「あっ、若様で思い出したけど、若様ネットでちょっとバズってるわよ」

「え?」

透子はスマホを操作し、画面が見えるようにテーブルの上に置いた。

そこには玲夜の写真が何枚か載っているではないか。

誰かが玲夜の写真を撮ってSNSに投稿したようだ。透子の言うように反響があったらしく、コメントがいくつも書き込まれていた。

それらのほとんどは玲夜の美しさを賛辞する言葉ばかり。

「今朝投稿されたものみたいなんだけど、覚えある?」

「うーん……。服装からして、週末に指輪を作りに行った時かな?」

気になったのは、写真とともに投稿されたコメント。

『こんな綺麗な人見たことない～。でも奥さんがブスで笑う』

写真の中に、玲夜の腕にしがみついている柚子の姿もあった。

本人の承諾なしに素顔を投稿するとは非常識ではないのかと、怒るというよりは戸惑いを感じていた柚子は、すぐにいつ撮られたものか分かった。

「これ、たぶん、チーズケーキ買い終わった後かも」

写真の柚子は手に店の袋を持っている。

柚子が荷物を持っていたのは、買い物をして玲夜と合流した直後だけ。その後はずっと玲夜が荷物を持ってくれていたので間違いない。

「この時、玲夜が女子高生にナンパされてたんだったかな。もしかしたらその女子高生が投稿したのかも」

「あーあ。鬼龍院の御曹司の写真を投稿するなんて、無知ってのは怖いわね。たぶん投稿を消すように鬼龍院が動くんじゃないかってにゃん吉が言ってたわ」

玲夜はあまりメディアには顔を出さないようにしている。騒がれるのが嫌いだというのもあるが、セキュリティ上の理由が大きい。あまり顔を世間に出したくはないようだ。

しかし、このネットが蔓延《まんえん》した時代で、一度あがった写真を抹消するのは不可能に近い。

「結構拡散されてるから完全に消すのは難しいよね？」

「そうね。この女子高生、まじでヤバいかもね。安易に写真なんかあげるから、なにかしらの報復をされるかもしれないわよ。まあ、若様の美しさを見たら思わず写真に撮って見せびらかしたくなるのは分かるけど」

玲夜は気にしなさそうだが、高道あたりは激怒しそうな案件だ。

そう思っていたら、透子は少し違うことを考えていたようで……。

「柚子を揶揄《やゆ》してるから、若様が激怒しそうだわね」

「これぐらいなら大丈夫じゃない？」

「甘いわよ。あの若様なんだから、柚子が馬鹿にされて黙っているわけないじゃない。いいかげん柚子も若様を理解しとかないと」

ありうるのでそれ以上の否定ができなかった。

「とりあえず、朝見つけてすぐに有能秘書さんにお知らせしといたんだけど、まだアカウントがあるところを見ると大事《おおごと》にはしないのかしらね」

それは考えられた。

「相手は未成年みたいだし、高道さんが現在進行形で交渉中なのかもしれないよ」

「なるほど。さすがに世間知らずな未成年なら対応も違ってくるかしらね。軽い気持ちだったんでしょうし、警告するぐらいかも。これが若様と知っての行動なら、若様至上主義の秘書さんがなにするか分からないけど」

「怖いこと言わないでよ」

高道ならやりかねないと否定できないのが困る。

できれば穏便にしてあげてほしいものだと、女子高生にやきもちを焼いていたのも忘れて投稿者の心配をした。

そして、よく撮れた写真を見ながら柚子は唸《うな》る。

「うーん……」

「柚子？　なによ？」

柚子は投稿を見ていて表情を曇らせた。

「これ、料理学校の誰かが見てるなんてことないよね？」

「あり得るんじゃない？　これだけ拡散されてたらさ」

「うああ～」

柚子は思わず頭を抱えてしまった。

玲夜が一度料理学校に姿を見せたのを覚えている者は少なくないはずだ。

なにせあれほどの存在感。すぐに忘れる方が無理というもの。

加えて、がっつり柚子の顔が映っている写真を見られたら、ごまかしようがないではないか。

「明日学校行くのが憂鬱だ……」

「まっ、なんとかなるわよ。うるさかったら、私が奥さんで文句あるか！って怒鳴りつけたらいいじゃない」

透子ならそれで言い負かしてしまえるのだろうが、柚子には少し難しい。

どうか誰も見ていませんようにと切に願った。


翌日の朝に確認すると、写真どころかアカウントごと消されていて、やはり高道が動いたのかと察する。

しかし、しっかりと拡散された後なのであまり意味はないかもしれない。

昨夜出張中の玲夜と電話をしたのだが、玲夜から出てきたのは、自分がいない間の柚子を心配する言葉ばかり。

投稿についてはすでに透子が高道に話しているというし、玲夜が話題にしないなら、わざわざ柚子が知らせる必要もないかと言い出さなかった。

電話では、新婚旅行の話をした。

どうやら仕事のせいで何日もは空けられないらしく海外は無理だとなり、国内のどこかにしてくれとお願いされた。

柚子は玲夜と一緒にいられるならどこへでもよかったので問題はない。

柚子から希望したのは、できるだけふたりきりでいられる場所でゆっくりしたいというものだった。

完全に護衛を切り離せないのは分かっている。その上で、ふたりだけの時間を過ごせるなら嬉しいと告げたのだ。

この日ばかりは子鬼や龍からも離れて、玲夜とふたりの時間を堪能したかった。

玲夜もその願いに否やはなく、静かな場所を探してくれるらしい。

少しずつ現実味を帯びる新婚旅行に、柚子の期待は高まっていく。

だが、その前に試験を攻略せねばならない。料理の実技ばかりは玲夜では教えられないので、頑張れとだけ応援された。

新婚旅行のためなら意地でも合格を獲得してみせると意気込む柚子が今日も学校へ行くと、机に座るや、わらわらと女子生徒たちが集まってきた。

昨日の今日である。嫌な予感がするのは仕方ないというもの。

そして、その予感は的中してしまう。

「ねぇ！　鬼龍院さんって結婚してるの!?」

「あの写真の人が旦那さんなの？」

「あの人って前にも学校に来てたことあるよね？」

「本当にそうなの？」

次から次へと息もつかせぬ怒涛《どとう》の質問攻撃に、柚子はたじろいだ。

「なんで黙ってたの!?」

「教えてくれればいいのに」

黙ってたもなにも、教えるほど彼女たちとは仲がよくないではないか。

もちろんそんなことを口にしようものなら、鬼の首を取ったように責められるので口にはしないが、勘弁してほしい。ほっといてくれというのが素直な気持ちだ。

なのに、彼女たちは遠慮なく質問を続行する。

「ねえ、どうやってあんな人と出会ったの？」

「紹介してよ」

「どんな仕事してる人なの？」

「鬼龍院さんってよくブランドもの持ってるし、お金持ちなの？」

うるさい！と怒鳴れたらどれだけいいだろう。そんな勇気はないので、柚子はどうしようかと戸惑うしかない。

初めて玲夜の花嫁だと周りに知られた時も大騒ぎとなったが、当時は高校生で、柚子を取り囲んだのは友人たちだった。

多少遠慮はないが信頼関係がそこにはあったので、問い詰められても嫌な気はしなかった。困ったなぁと思っただけ。

けれど、今は違う。人気シェフでもあったストーカー教師に贔屓されていたために女子生徒から嫌われており、そこに信頼関係などまったくない。

これまで避けていたくせに、玲夜に関わりがあると知るや寄ってくる彼女たちには、嫌悪感しか抱けなかった。

だんだんと柚子の表情がなくなっていく。

それにも気付けず質問を続ける女子生徒たちに怒りも湧き出してきた時、彼女たちの騒がしい声をかき消すほどの大きな声が教室内に響いた。

「うるさーい!!」

びくっと体を震わせたのは柚子以外に何人もおり、うるさかった女子生徒たちは一気に静まり返ると、声の先に顔を向ける。

先ほどの声の主はどうやら澪だったようだ。澪は腰に手を当てて、怒りの表情を浮かべている。

「ぎゃあぎゃあ、ぎゃあぎゃあ、うるさいわね。あんたたちに恥じらいはないわけ?」

柚子を囲む女子生徒たちに対し、澪は怒っていた。

「なによ、あなたには関係ないでしょう」

「私は柚子の友人だから関係あるわよ！　あんたたちこそなによ！　これまで柚子に陰口叩いたりしてたくせに、急に擦り寄ってきちゃって。柚子が誰と結婚してようが旦那が誰だろうが、柚子の友人でもないあんたたちに関係ないでしょう？」

澪の言葉に、幾人かの女子生徒がムッとした表情を浮かべた。

「だからこうして今話しかけてあげてるんじゃない」

「あげてるってなに!? 誰が頼んだのよ。恩着せがましくして、結局はあんたたちの好奇心を満たしたいだけでしょうが！」

「別にいいでしょう。話してくれたって、減るもんでもなし。これをきっかけに仲良くなるかもしれないじゃない」

「柚子はどうなの？ この人たちと仲良くしたいの？」

澪の眼差しが柚子を射貫く。

澪にここまで言わせて、柚子が黙っているわけにはいかない。

「悪いけど、友達でもない人たちに自分の私生活を話す気はないわ。彼のことを知りたいだけならあっちへ行ってくれる？」

小心者なので内心ではドキドキだったが、きっぱりと柚子は言い切った。

すると、途端に不満を露わにする女子生徒たち。

「はあ!? なにそれ。せっかく私たちの方から話しかけてあげたのに」

「ノリ悪～い」

「めっちゃ冷めた。もういいや」

「イケメンの旦那がいるからっていい気になっちゃって。明らかに釣り合ってないんだから、どうせすぐに捨てられちゃうわよ」

散々に文句を口にして彼女たちは離れていった。

ほっと息をつく柚子の元へ澪がやってくる。

「あんなうるさい輩の言葉なんて気にすることないわよ」

「うん。ありがとう、澪」

なんて頼もしいのだろうか。

いい友人ができたと喜ぶとともに、自分が発端の騒ぎぐらいは自分でなんとかしなくてはと反省した。

「あーい」

「あいあいあい」

子鬼は戦闘態勢に入り、シャドーボクシングをしている。

いつでも行けるぞという気合いを感じたが、さすがに手を出してこない一般人相手に物理攻撃で黙らせるわけにはいかない。

そう思っていたら、急に教室内に強雨が降り注いだ。しかも、先ほどまで柚子を囲んでいた女子生徒たちだけに。

女子生徒たちはきゃあきゃあ騒いでおり、被害のなかった他の生徒が「スプリンクラーの故障か？」と話し合っているが、柚子の視線は自らの腕に向いていた。

腕に巻きついていた龍が得意げな顔をしながら『カッカッカッ』と笑っている。

犯人は間違いない。しかし、少々彼女たちの勢いに怒りを感じていた柚子はポンポンと龍の頭を優しく叩くだけにした。

「ほどほどにね」

『分かっているとも』

龍はニヤリと凶悪な顔で笑ったのだった。


今日の件で完全に澪以外の女子生徒を敵に回したなとげんなりしつつ、手のひらを返したような質問攻めに遭うよりはマシかと思い直す。

少し気になったのは、あんな大騒ぎの中心が柚子なら間違いなく言いがかりをつけてきそうな鳴海が今日はやけに大人しくしていたことだ。

鳴海の席は柚子の斜め前なので、かなりうるさかっただろうに。まるで目に入っていないように綺麗に無視していた。

そのまま学校は終わり、学校前で澪と別れる。迎えの車が停まっているコンビニは駅と方向が反対なのだ。

「じゃあ、柚子、また明日ね〜」

「バイバイ、澪。今日はありがとう」

「いいってことよ。バイバーイ」

手を振ってから柚子はコンビニに向かって歩きだす。

たまに迎えに来てくれる玲夜を他の生徒に見られたくなくて、迎えの車は少し離れたコンビニに停めてもらうようになったが、今回の件で玲夜が柚子の旦那であると周知された今、離れた場所で待っていてもらう必要はないのではないか。

子鬼がいるとはいえ、コンビニまでの距離に危険がないとも限らない。

さほどの距離ではないが、ストーカー事件を思うと警戒心は残っていた。

もうすでにひと騒ぎあったのだから、いっそ開き直るべきかもしれない。

今さら高級車が一台迎えに来たぐらいどうってことないだろう。そもそも以前から柚子の服や鞄についてはブランド品ばかりだとヒソヒソされていたわけだし。

まあ、柚子は澪に指摘されるまで気付かなかったのだが。

いろいろと考えだすと、コンビニまでの道のりが無駄に感じてならなくなってきた。

「明日から学校の前まで迎えに来てもらおうかな」

「あーい」

「やー」

子鬼もその方がいいと頷いたので、車に着いたら運転手にお願いしようと決めた時、前方に黒い車が停まっているのが視界に入る。

そばには鳴海の姿があり、なにやら一緒にいる男性と揉めているように見えた。

「離してよ！」

「話がある」

「私にはないわ！」

鳴海は男性に掴まれた手を振り払ったが、すぐに再び腕を掴まれている。

「店がどうなってもいいのか？」

「卑怯者《ひきょうもの》！」

「いいから乗れ！」

「嫌！」

不穏な気配を漂わせているふたりに、柚子は焦る。

間に入るべきか、どうすべきか考えている間に、鳴海は男性によって車に押し込められようとしていた。

明らかに鳴海は嫌がっており、これはマズいと柚子は足が動いた。突っ込むようにふたりの間に走っていき、勢いを殺さぬまま鞄を振り上げて男性に叩きつける。

小さく呻《うめ》き声をあげる男性。

かなり痛いだろうが、かまってなどいられない。男から離れた鳴海の手をこれ幸いと柚子が掴み走りだした。鳴海は柚子の登場にひどく驚いた顔をしている。

「あんたっ」

「いいからこっち来て。早く！」

一瞬抵抗しようとした鳴海を柚子が怒鳴りつけると、鳴海は弾かれたように動きだした。

「芽衣！」

男性が鳴海の名を呼び追いかけてくるのが彼女にも見えたのか、大人しく柚子に手を引かれる。

「どこに行くのよ！」

「そこのコンビニまで！」

コンビニに行けば迎えの車がいる。

「芽衣！　どこに逃げようとお前は私のものだ！」

鳴海の手を引いて、後ろから追いかけてくる男性の声をわずかに聞きながら必死に走る。

さほど距離がなかったのが幸いだ。鳴海と走ってきた柚子に運転手が気付き、外に出て後部座席の扉を開けてくれた。

柚子は鳴海とともに車の中に飛び込んだ。ヒールを履いたままの全力疾走はかなり足に負担があったが、幸い靴擦れは起こしていない。

息切れしながら、運転席に乗り込んできた運転手に問う。

「後ろから誰か追いかけてきてましたか？」

「ええ。男性が。しかし、私の姿を見るとどこかへ行きました」

それを聞いてほっとする柚子に、運転手は心配そうにする。

「なにかございましたか？　問題があるようでしたら玲夜様にご連絡します。先ほどの男が原因でしょうか？」

「玲夜に連絡するのは待ってください。さっきの男は私じゃなく彼女の関係者みたいなので」

柚子は隣に座る鳴海に目を向ける。息を荒くし俯き加減の彼女の顔色が悪い。

「あの……大丈夫？」

「大丈夫なわけないじゃない」

感謝されたくて助けたわけではないが、そんな仏頂面で不機嫌そうに返さなくてもいいではないか。

しかし、柚子は震えている鳴海の手を見て、彼女の精いっぱいの虚勢だと気が付く。

「誘拐されそうになってたの？」

柚子はできるだけ優しく穏やかな声色を意識しながら問う。

「……違う。けど、似たような感じ」

　すると龍が柚子の腕に巻きつきながら身を伸ばして鳴海に近付く。

『先ほどの男、あれはあやかしであったな』

「そうなの？」

　柚子は男の顔まではしっかり見ていなかった。

　顔を見たらその容姿の美醜で、あやかしか判別できたかもしれないが、余裕がなかったのは仕方ない。鳴海をその場から逃がすのに精いっぱいだったのだから。

「あやかしと知り合いなの？　そのわりに仲がいいとはとても言えない様子だったけど」

「…………」

　柚子は鳴海をうかがうように問うが、返答はない。

『柚子よ。あやかしの男があぁまで人間の女に固執する理由などひとつしか考えられぬであろう』

「……花嫁？」

　ひとつと言われて柚子には花嫁という単語しか浮かばなかった。すると、その言葉を聞いた瞬間、鳴海がびくりと反応し、くしゃりと顔を歪めたかと思うと、激しく感情を荒ぶらせた。

「どうして私だけこんな目に遭わないといけないのよ!」

うわあぁぁ!と声をあげて泣きだした鳴海に、柚子は困惑する。

彼女の身になにが起きているのか、まったく想像もつかないので、対処のしようもなかった。

そもそも彼女を助けたのを子鬼も龍も不満のようで、泣いている鳴海にも冷たい眼差しを向けている。

これまで散々柚子に喧嘩腰だったので仕方ないかと柚子も叱ったりはしない。

それに、泣いている女の子に追い打ちをかけるほど非情ではないようなので、目つきの悪さぐらいはご愛嬌《あいきょう》だろう。

耐えていたものが決壊したように泣き喚く鳴海の背中を、柚子はひたすら撫で続ける。

振り払われるのも覚悟していたが、予想外に鳴海はされるままだった。そこまで気を回せなかったのかもしれない。

しばらくそうしていると、次第に落ち着きを取り戻してきたのか、鳴海の泣き声が小さくなり、すすり泣きに変わる。しゃくり上げ、柚子が渡したハンカチで涙を拭いながら、わずかに憎まれ口を叩けるほどに回復してきた。

「最悪。なんでよりによってあんたに助けられなきゃならないのよ」

「ご、ごめんなさい……」

「謝んないでよ！」

「ごめっ……あっ、えと……」

反射的に謝罪しそうになってすぐに止めるが、続く言葉が出てこない。柚子は困ったように眉を下げる。

「どうして助けたのよ。危ないかもしれないのに」

鳴海はまだグズグズと鼻を鳴らしながら柚子に問う。少しだけ鳴海の威勢のよさが戻ってきたように見えた。

「誘拐されるかと思ったから、つい」

「………」

鳴海はなにかを耐えるように唇を噛みしめた。

そんな鳴海の顔を見て今度は柚子が質問する。内心ではドキドキだったが。

「……ねえ、聞いていい？　さっきの男性となにを揉めてたの？　あやかしだったんでしょう？」

お節介かもしれない。それでも、鳴海が柚子を敵視する理由が分かるかもしれないと、聞かずにはいられなかった。

素直に話してくれるとも思っていなかったが、鳴海は口を開いた。

「さっきのあやかし……。鎌崎風臣っていうかまいたちのあやかしらしいんだけど、私を花嫁として迎え入れたいって言ってるの」

柚子は目を大きくした。まさかこんな近くに花嫁がいるとは予想できるはずがない。

「じゃあ、彼の花嫁になるの？」

「冗談じゃないわよ！　誰が頼まれてもなるものですか！　あいつは……あいつは、私の家族をめちゃくちゃにした張本人だっていうのにっ！」

鳴海からは鎌崎という男への怒りと嫌悪しか感じられない。どうやら柚子のように花嫁に選ばれて嬉しいという簡単な話ではなさそうだ。

「めちゃくちゃにしたってどういうこと？」

「……あいつ、最初から嫌な感じがしたのよ。突然やってきて、偉そうな態度で私を花嫁にしてやるって。そんなの私は微塵も望んでないのに」

鳴海は手の爪が食い込みそうなほど拳をぐっと握り込む。

「だから、断ったの。そしたら、お父さんの店に嫌がらせを始めて、どんどんお客さんが来なくなったの。最初はあいつのせいとは思わなくて、店をなんとかしようとしたお父さんは詐欺に騙《だま》されて多額の借金を負わされた。裏で手を引いていたのが……」

鳴海は悔しそうに言葉を止める。柚子にはその様子でなんとなく伝わった。

「まさか、さっきの男の人なの!?」

思わず声を大きくする柚子の問いかけに、鳴海はこくりと頷いた。

「そうよ。お父さんの店の評判を悪くした上に借金まで負わせて、手が回らなくなったところで、私に借金と引き換えに花嫁になれって。ふざけんじゃないわよ」

ギリギリと歯がみする鳴海の目は怒りに燃えていた。

「お父さんのことを考えると受け入れるしかない。けど、どうしても嫌だったから拒否してやったわ。そしたら嫌がらせはなくなるどころか一層ひどくなっていって……」

ぽたりと、鳴海から流れた涙が落ちる。

「昔はたくさんあったお店もどんどん手放すしかなくて、今じゃひとつしか残ってないわ。お父さんとお母さんの最初のお店。それだけは手放せなくて、どうにか手元に置いてる。けど……もう難しいかもしれない」

「どうして？」

「あいつが……。いつまでも拒否する私に焦れて、本気で潰しにかかろうとしてるの。借金を返さないなら担保になっている店を差し押さえるって」

「そんな……」

いくら花嫁を手に入れるためとはいえ、そこまでのことをしてしまえる神経が理解できない。

「最近はお父さんの体調もよくないの。ほとんど精神的なものよ。当然よね。返せもしない借金を背負っちゃって、詐欺に騙されたのも自分が悪いって責めてるの。だから私が料理学校を卒業して店をもり立てるんだって決意してたのに……」

「借金はいくらなの?」

「五億よ」

「ごっ!」

個人で背負うにはあまりにも多い金額に、柚子の声がうわずる。

「今月中に返せなかったら店を差し押さえるって。それが嫌なら花嫁になれってさ」

「どうするの?」

結婚か、店を取られるか。

「どっちも嫌よ!」

鳴海が声を荒らげるのも当然である。柚子だって同じ立場なら絶対に嫌だ。

しかし、五億ともなると、店を差し押さえられただけでは返せないだろう。どっちにしろ、このままでは鳴海が花嫁になる可能性は高い。

「話し合いで解決できたらいいけど、あいつは絶対にあきらめない……。私という花嫁を手に入れるまでは、これからもずっと嫌がらせを続けるわ。私は、自分のせいで両親に迷惑をかけるのが嫌なのよ」

鳴海は迷っているようだった。

『あやかしの花嫁への執着はとてつもない。柚子のように相思相愛ならば幸せだが、受け入れられない花嫁にとっては不幸でしかない』

龍の言葉で、不意に穂香の姿が頭をよぎった。

どういう経緯で花嫁になったか知らないが、現状では鳴海の気持ちを一番理解できるのは彼女なのではないだろうか。

「月末までに五億なんて返せるはずがない……」

頭を抱える鳴海の姿を見ていると、ある人を思い出させる。

負債を抱え、援助と引き換えに蛇塚の花嫁となった梓を。

「ねえ。とりあえず、五億返せたらいいの？」

「簡単に言わないでよ。確かに五億返せたらとりあえずお店を取られることはないけど、五億よ、五億！　それに返せたとしても、嫌がらせはきっと続くわ」

不可能だと嘆く鳴海の目は絶望に染まっている。そして、家族のために犠牲になる覚悟を決めようとしていた。

蛇塚と梓がこじれていくのを見ながらなにもできなかったあの時に感じた、やるせなさがよみがえってくる。

だから柚子には見過ごすことはできなかった。透子に『このお人好しが！』と、あきれたように叱られてしまうかもしれない。それでも……。

「よし。とりあえずは五億返そう。それで五億の札束持って、その男の横っ面引っぱたいてやるの！」

なんだか発言が透子みたいだなと思いながら、きっと原因は柚子が小さな怒りを感じていたからだ。

柚子は運転席に乗り出して運転手に指示を出す。

「車を出してください。向かうのは競馬場です！」

「へ？」

「ちょっと、なんで競馬場なのよ!?」

運転手は素っ頓狂な声を出し、鳴海は理解が追いつかないようで怒鳴っている。

しかし、ちゃんと柚子には考えがあってのことだ。

「いいから、任せて！　運転手さん。レッツゴーです。早く！」

「あーい」

「あーいあーい！」

子鬼まで急かすと、運転手は慌ててエンジンをかける。

「は、はい！」

そうして車はようやくコンビニの駐車場から動きだした。

車内では、鳴海が不機嫌そうに腕を組んでいる。

「どういうつもり!? 競馬場に行ってなにするのよ」

「もちろん、賭けて賞金をもらうの」

他になにが？という顔をしている柚子に、鳴海がくわっと目をむく。

「馬鹿なの!? どんなに賭けたって五億なんて賞金を稼げるわけないじゃない！」

「そうなの？」

怒りのせいか突っ走っていた柚子の勢いが少々削がれた。

「あんた競馬やったことある？」

「ないです……」

やったどころか見たことすらない。

「そんなんでどうすんのよ！」

改めて思い返すと、賭け方もよく分からない。とりあえず行けばなんとかなるだろうという思いからの勢いでしかなかった。

あきれたように鳴海ににらまれて、柚子は身を小さくする。

選択肢を誤ったかと頭を悩ませていると、運転手がおずおずと口を挟む。

「柚子様、差し出口かと思いましたが、あまり賭け事をご存知ないようなので補足しますと、たとえ競馬で五億稼げたとしても、その後税金がかかってきますので、実際手元に残る金額は少なくなるかと」

「えっ。そうなんですか？」

「はい。五億全部渡してしまったら、来年の確定申告で莫大《ばくだい》な税金を払わねばならず、今度は税務署から金を払えと要求されてしまいます」

柚子は税金のことなどまったく頭になかったので大慌てだ。

後から徴収されるのはマズい。金を払えと言われても鳴海の家には支払い能力など残っていないのだから。

横からじとーっとした眼差しを向けられ、柚子は焦る。

「じゃあ、競馬場はなしで！　えっと、えっと、税金がかからない方法となると……」

柚子は考えを巡らせて、思いつく。

「宝くじは大丈夫ですか？」

いったん路肩に停まった車内で、柚子は運転席に身を乗り出して運転手に聞く。

「そうですね。宝くじなら税金はかからないかと」

見るからに動揺していた柚子は、目を輝かせた。

思った通りである。以前、柚子が宝くじに当たった時には特に税金を取られたりしなかったのを覚えていたのだ。まあ、柚子の知らぬところで玲夜が支払っていた可能性はあったが。

「じゃあ、近くの宝くじ売り場にお願いします！」

「承知いたしました」

再度車が動きだす。

「はあ……」

鳴海は先ほどまで泣き喚いたことも忘れたように、冷静な様子で深いため息をついた。そこには大きなあきれが多分に含まれているように感じる。

柚子はなにかしでかしたかとビクビクしながら鳴海の様子をうかがう。

「なにか？」

「どうして私はここにいるのかと馬鹿馬鹿しくなってるのよ。相談する相手がそもそも間違ってたわ。あやかしの花嫁になってる奴に弱音を吐くなんて意味ないのに」

「あっ、やっぱり私が花嫁だって知ってたの？」

以前つぶやいた鳴海の、柚子が花嫁だと知るかのような言葉が引っかかっていたが、間違いではなかったようだ。

「あの野郎のせいであやかしの世界のことを少しだけ勉強したからね。あやかしであるはずの鬼龍院の名を人間が名乗ってるなんて、理由はひとつしか考えられなかったもの」

「もしかして、鳴海さんが私にきついのもそのせい？」

「ええ、そうよ。だって、私をこんなに苦労させるあの野郎と同じあやかしに嫁ぐなんて正気とは思えなかったんだもの。あんな奴の花嫁になったって不幸になるのが目に見えてるのに、同じ花嫁に選ばれたあんたはすごく幸せそうだった。けど、あんたがブランド品をこれ見よがしに持っているのを見てイラついたのよ。この子はお金の心配なんてしたりしないんでしょうねって」

鳴海は口を挟む隙もないほど一気に話し切った。

鼻息を荒くする鳴海に、柚子は困ったように笑う。

「私は玲夜がお金持ちだから結婚したわけじゃないよ」

「お金のために結婚したんじゃないなら、なおさらあんたは異常よ！」

鳴海は怒っているというより、八つ当たりしているように感じた。

「あやかしなんて、見た目が綺麗なだけで、中身は所詮人間とは別の生き物なのよ。じゃなきゃ、あんな非道な真似できるはずがないじゃない！　あいつのせいで、私の家族はめちゃくちゃ！　あんたもそんな奴の仲間よ。なにが花嫁よ！　なにが本能よ！」

鳴海の悲鳴のような叫びは、車の中に悲しく響いた。

あやかしはひどい奴ら。そうでなければ困ると言わんばかりだ。

「花嫁なんてなりたくてなったわけじゃないのに。私のことは放っておいてよ……」

次第に弱々しくなる声に、柚子も胸が痛くなる。

花嫁の犠牲となった人間がここにもいる。神様はどうして花嫁など作ったのだろうか。

しかし、神様を責めるなどできない。自分は玲夜に出会えて心の底からよかったと思っているから。

自分はなんと幸せ者なのか。だからこそ目の前の鳴海を無視してはおけなかった。

「鳴海さんを花嫁に選んだあやかしは確かにひどいと思う。けど、そんなあやかしばかりじゃないって知ってほしい。玲夜はとても愛情が深い人で、優しくて、私をなにより想ってくれてる。普通の花嫁ならあり得ない自由も許してくれる。友達のあやかしだってそう。明るくて気さくで、仲間思いで、人間と変わりない思いやりを持ってる人たちよ」

「…………」

悔しそうに口を閉ざしているのは、鳴海もそんなあやかしばかりでないと分かっているからかもしれない。

「逆に人間にもひどい人はいる。相手を痛めつけているのにも気付かず、自分本位で、我儘で、他人を不幸にしてもなんとも思わない人間が」

柚子をどん底に落としたのは、人間だった家族。けれど、そこから助け出してくれたのは玲夜というあやかしだ。

「あやかしだからとか、人間だからとかない。ただ、その人が悪いだけ」

どこか痛みを含んだ柚子の眼差し。

「……だからって、どうしろっていうのよ！　出会った相手が悪かったってての？　そんなの分かってるわよ！　じゃあ、私はあきらめてあいつの花嫁になれって言いたいの⁉」

「ううん。嫌なら花嫁になんてなる必要ないよ」

声を荒らげる鳴海の肩を強く掴む。

真剣な眼差しで柚子に見つめられ、鳴海は落ち着きを取り戻していく。

「でも……どうするの……？」

「これから一発逆転する場所へ行くの」

その場所こそが、宝くじ売り場だ。

宝くじ売り場の前で下ろしてもらうと、柚子は龍を鷲掴《わしづか》みにし、意気揚々と一直線に向かった。

『我の扱いがひどいではないか』

ぶらーんと揺れる龍がなにやら不満を言っているが、柚子は無視だ。子鬼だけが気の毒そうにしている。

「あーい」

「やー」

そして売り場にある旗を見て柚子は拳を握る。

「よし！　キャリーオーバー中！　返してもお釣りがくる」

「なにがよし！なのか、全然分かんないんだけど。まさかと思うけど、宝くじで借金返そうとしてる？」

鋭くツッコむ鳴海は、信じられないというように柚子を見ている。

「うん」

「ぶぁっかじゃないの!!」

鳴海はあきれを通り越した怒りで吠《ほ》えた。

しかし、柚子はなんと言われようと勝利を確信していた。

「大丈夫。あっ、鳴海さんの宝くじだからくじ券代は払ってほしいんだけど、手持ちのお金ある？　貸そうか？」

「さすがに宝くじを買うお金ぐらい持ってるわよ！　馬鹿にしてんの!?　それより当たるわけないじゃない」

「よし、じゃあ、キャリーオーバー中の一番当選金額が多いの買おう」

「あんた人の話聞いてないわね!?」

ふたりのやりとりを見ていた龍がつぶやく。

『このふたり、なにげに相性がいいのではないか？』

「あーい」

「あいあーい？」

子鬼は分からないというように小首をかしげる。

その間に柚子は宝くじを買うための準備をサクサク進め、鳴海に鉛筆と用紙を渡す。

「ほら、鳴海さん。適当に好きな番号選んで」

柚子が選んだ宝くじは、番号を自分で選ぶタイプだ。明日抽選と書いてあるので、当選すれば月末までの返済には十分間に合う。

鳴海は不満いっぱいの顔をしながらしぶしぶ番号を選び、受付でお金を払ってくじ券に変えてもらった。

その間、柚子は神主がお祓《はら》い棒を動かすように、龍を振り回していた。

異様な光景に、鳴海はなにをしているんだと胡乱《うろん》げな目を向ける。

そして柚子たちは、購入したくじ券を持ってすぐさま車の中へ戻った。

「あんた、本当に当たるって信じてるの？」

当たるはずがないと信じて疑わない鳴海の意見はもっともだ。しかし、ここにはラッキーアイテムがあるのを忘れてはならない。

「大丈夫。大丈夫。鳴海さん、さっきのくじ券貸してもらえる？」

鳴海は不審そうにしながらも、素直にくじ券を柚子に渡す。

柚子はくじ券を細長く折りたたむと、目をギラリとして龍を見る。

危険を察する龍だが、少し遅かった。

「子鬼ちゃんたち。龍の頭と尻尾を捕まえてて」

「あい！」

「あーい」

柚子の命令に素早く反応した子鬼は、龍が逃げる前に龍を捕獲した。

『な、なんだ。なにをするのだ？』

うにょうにょと動かす龍の胴体に、柚子はまるで乾布摩擦でもするかのようにくじ券を擦りつけたのである。

『ぬああぁぁぁ！』

ゴシゴシゴシと鱗《うろこ》がハゲないか心配になるほどに強く擦りつける。

「子鬼ちゃん、逃げないようにちゃんと押さえててね」

「あーい」

「やー」

『お主らやめぬかぁぁぁ！』

龍の悲鳴が車内に響き渡るが、柚子は手を止めない。

ひとりついていけないのは鳴海である。

「ねえ、なにしてんの？」

「この龍は霊獣っていってね、とっても御利益のある生き物なの。私も前にこの龍のおかげで宝くじで十億当たったんだから」

「じゅ、十億⁉」

鳴海が腰を抜かしそうなほど驚いている。

鳴海の反応は当然だ。一般人にとって十億とはそれだけの価値がある。それをはした金のように柚子の好きに使ったらいいと言う玲夜の金銭感覚が一般人からかけ離れているのだ。

「でも、私が当たったのは龍の加護があるおかげだと思うの。鳴海さんは龍の加護がないわけだから、こうしてくじ券に龍の御利益をしみ込ませてるとこ」

「そしたら当たるの？」

「たぶんね」

柚子に確証はないが、なんとなくいける気がしている。

その話を聞いた瞬間、鳴海の目もギラギラとしたものに変わった。

「うーん、もう少し擦りつけておいた方がいいかな？」

「貸して。私がやるわ。私の宝くじだもの」

先ほどまでの消極的な態度が嘘のように、鳴海の目はやる気に満ちあふれていた。

『待て、むすめごよ。そっとだ。そっと優しくしてくれ』

「五億ぅぅぅぅ！」

『ぎゃあぁぁぁ！』

鳴海は人が変わったように、一心不乱にくじ券を龍に擦り込みまくった。これでもか、これでもかと、その姿は狂気すら感じる。

目の色を変えてしまう金の力は偉大であった。

ようやく気がすんだ柚子と鳴海から解放された龍はフラフラとしている。

『ひ、ひどい……。あんまりだ……。我は偉大な霊獣だというのに、こんな扱いをされたのは初めてだ……』

「あいあい」

「あい」

しくしくと泣いている龍を、子鬼が肩を叩いて慰めていた。

さらに追い打ちをかけるように、柚子は龍の胴体にくじ券を巻きつけてリボンで結んだ。

というのも、「肌身離さず持っていれば、もっと効果があるのでは？」と運転手が余計なひと言を口にしてしまったためだ。

最近の龍は、お洒落《しゃれ》のためにリボンを身につけていたのも仇《あだ》となった。すぐさま身ぐるみ剥がされ、くじ券をくくりつけられたのである。

結果が出るまで、このままにするようだ。

「結果は明日の夜になるから、換金するなら明後日以降だね。それまでどうする？」

「いったん家に帰るわ。くじ券はあんたが持ってて。その方が御利益あるらしいし」

よよよと泣く龍をちょっと不憫そうに見ながらも、鳴海は止めはしない。なにせ今後の生活どころか人生がかかっているのだから、切羽詰まっているのである。多少の犠牲はやむなしだ。

「じゃあ、家まで送るね。さっきの人が途中で待ち伏せしてるかもしれないし」

「うん。……あっ、ちょっと待って。家から連絡来てたみたい。先に電話させて」

「うん。どうぞ」

鳴海は電話をかけ始める。

柚子はまだ嘆いている龍をよしよしと撫でて、機嫌を取っていた。その時……。

「えっ！　どういうこと!?　お父さんたちは大丈夫なの？」

声の緊迫さからただ事ではないと察した柚子たちが、鳴海に注目する。

「うん……。うん……」

だんだんと泣きそうな顔になっていく鳴海の様子に、柚子は心配になる。

「……分かった。こっちはなんとかするから、お父さんたちも気を付けて」

その言葉を最後に電話を切った鳴海は、両手で顔を覆った。

「どうしたの？」

「家に……。家の前に、あいつの関係者が待ち伏せしてるから帰ってくるなって。どこかに避難した方がいいって」

「確かなの？」

「うん。前にもあいつと一緒に店に来たことのある奴らだから忘れもしないって、お父さんが……」

鳴海の顔色はひどく悪い。

「大丈夫……じゃないよね」

問いかけてから、柚子は無用なひと言だと後悔する。

「大丈夫よ。それより、家に帰れなくなったから送ってくれなくていいわ」

「じゃあ、どこに行くの？」

「分かんない。親戚のとことか」

『身内のところはあちらも手を回しておるのではないか？』

先ほどまで泣いていた龍が、真剣な顔で鳴海を見上げる。

「っ、そうよね。なら、友達のところに……」

しかし、鳴海はためらっている様子。友人に迷惑をかけることを危惧しているのだろう。

「だったら、私のところに来ない？」

鳴海を見ていたら思わず口を出してしまっていた。

「えっ？」

鳴海は驚いたように柚子を見た。

考えなしだと玲夜に怒られるだろうか。しかし、ここまで付き合った鳴海をむざむざと放り出すなどできない。

「私が住んでるのはあやかしの中で最も強い鬼がたくさん暮らしてる屋敷だから、そこいらの家に行くよりずっと安全だと思うの」

相手はかまいたちのあやかしと聞く。

『かくりよ学園』で習ったが、かまいたちは猫又と同レベルの強さのあやかしだ。鬼の、それも次期当主の屋敷に喧嘩をふっかけてくるようなことはするまい。

『我も柚子に賛成だ。あやかしから狙われておるなら、あの屋敷ほど安全なのは、鬼龍院本家か妖狐当主の屋敷ぐらいのものよ。安心して過ごすがよいぞ』

ずいぶんと偉そうだなと思ったのは柚子だけではなかったようで、子鬼たちから声をそろえて「龍、偉そう」と言われていた。

「親戚や友人に迷惑をかけるよりは絶対いいと思うの。どうする？」

最終的には鳴海の意思を尊重するために、問いかける。

「五億が手に入るまで……。それまでお邪魔させてください」

鳴海は深く頭を下げた。

柚子に対し好意的な態度を見せたのはこれが初めてかもしれない。

「うん。分かった」

柚子も多くは語らず、頷く。そして運転手へ声をかけた。

「屋敷に向かってください」

運転手は「承知いたしました」と口にしてから、車を屋敷に向けて発車させた。

五章

鳴海を連れて屋敷へと帰ってきた。

屋敷には玲夜が結界を張ってあるので、玲夜より弱いあやかしなら跳ね返してしまえる。それに玲夜に屋敷を任された多くの使用人たちがいるから、鳴海にとって自宅にいるより安全な場所だろう。

「ここがあんたの家?」

鳴海は屋敷を見て呆気に取られていた。

今の鳴海の気持ちは十分に分かる。なにせ柚子もこの屋敷を初めて訪れた時は、鳴海と同じような顔をしていたのだから。

「うん。私の、というよりは旦那様のね。私はごくごく一般的な家に生まれたから、最初の頃は毎日のように驚いてたよ」

はたして柚子の家庭をごくごく一般的と言っていいのかは置いておいて、屋敷の大きさと立派さに驚愕《きょうがく》したのは間違いない。

鳴海に本家を見せたらもっと驚くだろうなと思いつつ、屋敷の中に入る。

使用人たちがずらりと並んで出迎える様子に鳴海は口元を引きつらせていて、柚子も苦笑してしまう。

「これだけ美形がそろってると、逆に怖いわね」

「そうだね。鬼は特に綺麗な人が多いから」

初見の人はやはりそういう感想を抱くのかと、柚子はなんだか親近感が湧いた。逆に大喜びしていた透子の図太さを改めて確認させられる。

柚子のそばに雪乃が近付いてきて、荷物を受け取ろうと手を伸ばす。

柚子は荷物を手渡しながら鳴海のことを紹介する。

「すみません、雪乃さん。こちら鳴海さんって方なんですけど、今日から数日間屋敷に泊まるので、客間の用意をお願いしてもいいですか？」

「ご安心ください。すでに客間には必要なものを取りそろえております」

柚子は「えっ」と目を見張ったが、きっと運転手がすでに報告をしていたのだろうとひとり納得する。

ならば玲夜にも話が伝わっているはずだ。

「ありがとうございます。助かります」

雪乃はニコニコと微笑んでいる。

「玲夜様には、のちほど奥様から詳細をご説明ください。その方がお喜びになりますから」

やはり玲夜に話がいっていることを察する。そして、許可が出たからこそ客間の用意がすでにされていたのだ。

「そうですね。玲夜には夜に連絡します」

にっこりと笑みを深くした雪乃は、パンパンと手を叩く。

すると、別の女性の使用人が鳴海の荷物を手にし、「さあさあ、鳴海様はこちらへ。お部屋へご案内いたします」と案内を始めた。

「えっ、ちょっと……」

困惑する鳴海に向け、柚子は手を振る。

「今日はいろいろとあったし、ひとまず部屋で休んでて。夕食の時間になったら呼ぶから。ご両親にも心配ないことを連絡した方がいいと思うよ」

「……そうね、分かった。また後で」

「うん。後でね」

とりあえず鳴海と別れて柚子も自分の部屋へ行くと、まろとみるくが近付いてきた。

「アオーン」

「ニャーン」

スリスリと頭を寄せる二匹を撫でてから、柚子は深いため息をついた。

「今日は濃い一日だったなぁ。まさか鳴海さんにあんな事情があるとは」

柚子の予想以上だった。あんな目に遭っていたら、そりゃあ、あやかしにも花嫁にもいい印象を抱くはずがない。

というか、花嫁に出会う率が高すぎるのではないか。花嫁に選ばれるのはまれだと聞いたのに、この遭遇率はどうなのか。

かくりよ学園ならば分かるが、妹に親友に、たまたま入った学校の同級生。こんなにも花嫁とはいるものなのだろうか。

それに、花嫁を抜きにしたとしても、柚子の周りで問題が起こりすぎている気がしてならない。

『柚子は巻き込まれ体質なのではないかと我は思うのだが、お前たちはどうだ？』

「あーい」

「思う～」

子鬼が迷いなくうんうんと頷いているのを見て、柚子はなんとも言えない表情になる。自分でも自覚しつつあったのを見ないふりしていたのに。

その上、今回は自分から面倒事に首を突っ込んでしまった。

「玲夜が怒っていないといいんだけど……」

柚子に激甘な玲夜なので、怒っていても最終的には許してくれるだろう。

ただ、鳴海の存在は以前から玲夜も知っている。問題なのは、いい情報ではなく、悪い情報として玲夜に伝わっていることである。

料理学校に行って以降、鳴海が柚子になにかと難癖をつけてきていたのは玲夜も知るところ。

澪の問題だったなら玲夜も進んで協力してくれそうだが、これまでの印象が悪い鳴海だとすると、玲夜からの苦言は覚悟しなければならないかもしれない。

問題となる相手があやかしなので、玲夜の協力は絶対に必要だ。鳴海を屋敷に受け入れている現状を考えると、協力してくれるつもりはあるのかもしれない。

「勝負は電話の時かな」

どう説明しようか頭を悩ませていると、雪乃が夕食の準備ができたと知らせに来てくれた。

柚子にとっては普段通りの夕食……かと思ったのに、いつもより豪華なのは気のせいだろうか。

鳴海が驚いたように「すごい……」と目を大きくしているが、普段はこれほどの品数はないので、勘違いしないでいただきたいものだ。

「雪乃さん。今日はなにかイベント事でもありましたっけ？」

「いいえ。ございませんよ」

「でも、なんだか料理が豪華なような……」

「ああ、それはきっと奥様が透子様以外のご友人を連れてこられたと聞いて、料理人たちが張り切ったのでしょう。透子様以外で女友達を連れてこられたのは今日が初めてですものね」

その言い方では、まるで柚子に透子以外に女友達がいないように聞こえるではないか。

現に鳴海が気の毒そうな目を向けてきている。

この誤解は解いておかねばならない。

確かに屋敷に連れてきた女友達は透子だけだが、友人はそれなりにいる。ただ、あまりにも高級な屋敷に恐れをなして来てくれないだけである。

元手芸部部長は訪れた機会はあったが玄関までだったので、おもてなしをすることはなかった。そもそも彼女とは友人というよりは子鬼を通しての付き合いだから少し違う。

「決して友達がいないわけじゃないからね」

「分かったわ……」

鳴海の目はまったく信じていないようで、柚子はがっくりとした。きっとなにを言っても、鳴海の中では友達の少ない子というイメージが定着したに違いない。

料理学校でも澪以外に気安く話している子がいないのも原因だ。

この誤解はなかなか解けそうに思えなかった。

あきらめて食事を始める。

「ご両親には連絡ついた？」

「うん。鬼のあやかしの家だって言ったら心配そうにしてたけど、料理学校の同級生の家だからってことと、鬼の家なら手を出せないってことを伝えたら、ちょっと安心したみたい」

「それならよかった」

鳴海の両親もあやかしに対して好意的な感情は持っていないと想像できる。

あやかしに嫌がらせされている現状であやかしの家にいると聞いたら、驚いて不安がるのは当然だ。

「相変わらず家の前にいるの？」

「うん。ずっと外から見張られてるって」

隠れることもしないあたりが、鳴海に対して早く花嫁に来いとプレッシャーをかけているつもりなのかもしれない。

「ねえ、いっそのことご両親もここに呼んだら？」

「えっ？」

「だって、ずっと見張られてるんでしょう？　この屋敷みたいに守ってくれる人もいないんだし、鳴海さんに手が出せないからってご両親に手を出される可能性があるんじゃない？　最悪、人質とか」

その可能性は考えていなかったのか、鳴海の顔が強張る。

「ご歓談中のところ失礼いたします」

突然、雪乃が話に割って入ってきた。

「鳴海様のご家族に関しましてですが、すでに家の方に護衛を配置しておりますので、人質などの心配は不要と存じます」

「お父さんもお母さんも大丈夫……なの？」

力なく問う鳴海に、雪乃は見るだけで安堵するような柔らかな笑みを浮かべた。

「我が鬼の一族に、かまいたちごときに出し抜かれる者はおりません。ご家族のことは私どもにお任せください。必ずお守りいたします」

今にも泣きそうにくしゃりと顔を歪めた鳴海は、ほっとしたように表情を緩め、雪乃に深く頭を下げた。

柚子もお礼を言う。

「ありがとうございます。雪乃さん」

見張られていると聞いた瞬間に、鳴海の家族への対処をしておくべきだった。

まだまだ自分は甘いなと認識させられる。

「お礼でしたら玲夜様に。すべては玲夜様のご指示ですから」

玲夜にはこちらの状況などお見通しのようだと、柚子は安心感を抱く。

玲夜がついていると思うと、なんでもできる気がしてくるから不思議だ。

しかし本音を言うと、自分が勝手に動いた問題に玲夜を煩わせたくはない。

「明日の学校は休んだ方がいいと思うんだけど、鳴海さんはどうする？」

鳴海はしばらく考え込んだ後、口を開く。

「迷惑じゃなければ、お金が手に入るまでいさせてくれる？　学校も休みたい」

強気な鳴海からは考えられないほど弱々しいお願い。

それだけ重圧がかかっているのだろう。

「うん。学校へ行っている間になにかあったら大変だからそうしたらいいよ。ここにはたくさん人がいるから、困ったことがあったら相談して」

柚子が安心させるように微笑む。鳴海は視線をさまよわせ、なにか言いたそうに口を開閉している。

柚子が首をかしげると、その言葉は小さく耳に入ってきた。

「あ、ありがとう……。その、いろいろと助けてくれて」

恥ずかしがるようにつぶやかれた言葉はしっかりと柚子の耳に届いた。

「どういたしまして」

柚子はクスリと笑った。

そして食事が終わると、雪乃が柚子に書類を渡してきた。

「雪乃さん。これは？」

「鳴海様に迷惑をかけている鎌崎風臣という人物の資料です。玲夜様より、奥様にお渡しするようにと言づかっています」

「玲夜」

留守にしていながらも先回りして柚子のために動いてくれている。

こぼれ落ちた笑みには、玲夜への信頼と愛情が込められていた。

それを見た鳴海は複雑な表情をしている。

「あんたはあやかしの旦那とうまくいってるのね」

「うん。そうだね。今のところは問題ないかな。重いぐらい深い愛情をかけてくれてるけど、私は嫌だなんて思ったりはしていないから。それに、鎌崎だっけ？　そんなのと玲夜を比べられたくない。彼のような人ならほとんどの女性が嫌がると思うし」

鳴海から聞いた限りでは男としてもあやかしとしても最低である。

柚子だって玲夜がそんな裏工作をして無理やり手に入れようとしてきたら、愛情があったとしても冷めるだろう。

しかも鎌崎は初見でやらかしてしまっている。愛情なんて生まれるはずがないのだ。

「あやかしどうこうじゃなくて、絶対に鎌崎っていう個人が悪いと思うの」

力強く断言すると、ようやく鳴海が小さく笑った。

「でしょう？　あんなの絶対にごめんだわ。五億積まれたって嫌よ。どんなにイケメンでもね」

「あやかしは容姿がすごくいいもんね」

雪乃から渡された書類に目を通していた柚子は、ぎょっとする。

「えっ！　この人、既婚って書いてあるけど、結婚してるの!?」

勢いよく鳴海を見れば、鳴海は若干怒りを宿した顔で頷いた。

「そう！　そうなのよ！　私が断る理由のひとつでもあるんだけど、そいつ奥さんいやがるのよ」

少々口が悪くなっているが、気持ちは分かる。柚子もまさか既婚者とは思わなかった。

「しかも、相手は三十過ぎてるじゃない。鳴海さんは十八歳？」

「そうよ」

「それ犯罪ギリギリ……」

もちろん愛があれば十八歳なら結婚できる年齢でもあるし問題はないが、その愛がないのだからどうしようもない。花嫁に年齢だとか関係ないかもしれないが、それでも柚子からしたらアウトだ。

「う～わ～」

柚子は分かりやすくドン引きしている。

「奥さんいるのに十八歳に言い寄るってどうなの？　しかも花嫁として迎えるつもりなのに、まだ離婚してないみたいだし」

その上、よくよく書類を確認してみると、鎌崎という男は奥さんと恋愛婚である。

あやかしの世界では、いまだに政略結婚が多い。より強い跡継ぎを作り、一族をさらに繁栄させるためである。だからこそ、強い子を産み、夫となる者の霊力を高める花嫁は大事に大事に扱われるのだ。

玲夜と桜子のように、あるいは東吉が透子と出会う前に婚約していた人のように、一族に決められた婚約なら、花嫁の登場で簡単に破談になるのは分かる。すべては一族の繁栄のための婚約だから。

しかし、鎌崎は今の奥さんと愛し合って結婚している。なのに花嫁が現れたから花嫁を優先させるとはどういうことなのか。奥さんはどうするのか。

「とんだ、クソ野郎でしょう？」

「否定できない……」

忌々しげに吐き捨てる鳴海に、柚子はなんとも言えない顔をして続ける。

「奥さんを理由に断ってみたら？」

「それで聞かなかったからこうなってるのよ」

もはや言葉も出ず、柚子は書類を鳴海に渡した。

鳴海は終始嫌そうに書類を眺めている。そこには嫌悪感しかなく、どう転んでも鎌崎と手を取り合う未来があるようには見えなかった。

これは逃げる一択だ。

夕食を終えると、自室に戻った柚子は玲夜に電話をかけた。

『大丈夫か？』

開口一番柚子の心配を口にする玲夜に、柚子はクスクスと笑う。相変わらず心配性だ。

「うん。大丈夫」

『どうやらいろいろとあったらしいな』

「そうなの。でも玲夜が先回りしてくれたおかげで助かってる。本当にありがとう。大好き」

いつだって、どこにいても柚子を第一に考えて助けてくれる玲夜に、あふれ出る想いを告げる。

『…………』

しかし沈黙が返ってきて、柚子は首をかしげた。

「玲夜？」

『そばにいられないのが惜しいな。今すぐ抱きしめたくなった』

「私も。玲夜に早く会いたい」

そして力いっぱい抱きしめてほしい。

『そんなことを言うと余計に会いたくなるだろう』

「私も会いたいの我慢してるんだから、玲夜も我慢してよ。ねぇ、仕事はまだかかりそう？」

『残念ながら、しばらくかかりそうだ』

「そっか……」

柚子はがっくりとした。玲夜の存在を感じられるからこそ、玲夜に会いたくなってしょうがない。

「早く帰ってきてね」

『ああ』

その日は夜遅くまで、今日あった出来事を話し続けた。

翌朝、朝食の席につくと、向かいに鳴海が座っている。

「おはよう、鳴海さん。昨日は眠れた？」

「こんな状況で眠れるわけないじゃない」

ギロッとにらまれて、柚子は苦笑する。

昨日は少しデレたのに、今日はまたツンが戻ってきている。鳴海のような者をツンデレと称するのだろうと、柚子は失礼なことを考えていた。

しかし、彼女との付き合い方がだいぶ分かってきた気がする。

朝食もいつもより豪華なのは、料理人が気合いを入れたおかげだろう。

片っ端から食べていくのになかなかお皿が空になってくれない。張り切りすぎである。

「あんたはどうするの？」

鳴海の質問に柚子が首をかしげると、「学校よ！」と声を荒らげられる。

「うーん。私がいない間になにか問題があっても困るから、私も休もうかな」

「あんた、この前まで休んでたじゃない。そんなんで試験受かるの？　旅行に行くのに大丈夫なの？」

その指摘に柚子は目を丸くし、感動したように鳴海を見た。

「なによ」

「旅行に行くのを金持ち自慢とか言ってたのに、心配してくれるの？　ありがとう」

柚子がほわほわとした笑みを浮かべると、鳴海はカッと頬を赤くする。

「そんなんじゃないわよ！　ただ、後で私のせいにされたくないだけよ！」

強い反論にも、柚子はニコニコとした笑みを浮かべる。決して嫌な性格の子ではなかったのだと知れて嬉しかった。

少々理不尽な理由で柚子は嫌われていたわけだが、自分ではどうにもできない状況に追い込まれていただけなのだ。

「借金を返せたら鳴海さんのお父さんのお店に行っていい？」

「はあ!? 嫌よ、絶対に来ないで」

鳴海には拒否されたが、透子を連れていってみようと密かに考えていた。

「そんなことより、本当に宝くじ当たるのよね？」

鳴海の視線が、テレビを見ている龍に向けられる。

肌身離さずを律儀に守り、腹巻きのようにくじ券を胴体に巻いてリボンでくくりつけられている龍の姿は、とても神に近い崇高な生き物とは思えない。ちょっとだけ不安になってきた。

「大丈夫……と思う」

「思うじゃ困るのよ！　絶対に当ててくれないと」

「じゃあ、もう少し擦り込んどく？」

龍に視線が集まると、龍は己の危機を感じて逃げ出した。

柚子が手を伸ばすが届かない。

「あっ。こら！　子鬼ちゃん、捕まえて！」

「あーい！」

子鬼がすかさず追いかけるが、うにょうにょと動き回る龍に手こずっている様子。

その様子を見たみるくがまず動き、続いてまろも大きく伸びをしてから、お尻をフリフリして飛びかかった。

『四対一とは卑怯だぞ！　ぎゃあぁぁぁ』

どうやらすぐさままろに捕まったらしく、咥《くわ》えられて戻ってきた。

頭のいいまろは龍を柚子の前にぼてっと落とし、そこを子鬼が捕獲する。

『わ、我は霊獣であるからして、とても崇高な生き物であってだな……』

「つべこべ言わない」

有無を言わさず、柚子は再び龍に乾布摩擦するように擦った。

すると、まろが近付いてきて、くじ券を持っていた手に寄ってきた。

「アオーン」

「なに、まろ？」

まろの意図が分からない柚子は、猫たちの通訳係でもある子鬼に目を向けた。

「まろが、自分もそれで撫でてくれって」

「くじ券で？」

「アオーン」

「自分とみるくの力も込めておくって」

霊獣三匹分とはどれだけの御利益があるのだろうか。非協力的な龍と違ってまろのなんて健気なことか。

まろとみるくは自分からくじ券に頭を擦りつけ始めた。

かわいらしい仕草を黙って見ていると、慌ただしく雪乃がやってきた。その顔はなぜか不満げである。

「奥様、おくつろぎのところ申し訳ございません。客人……といっても招かれざる客人なのですが、いらしておりまして、どう対処いたしましょうか？」

「招かれざる客人って誰ですか？」

「鎌崎風臣でございます」

柚子がはっとして鳴海を見ると、彼女はひどく顔を強張らせていた。顔色も悪い。

「本当は追い返そうかと思ったのですが、玲夜様より、どうするかは奥様の一存に任せるとのご命令でしたので。もちろん、追い返しますよね？」

雪乃はやる気満々で、腕まくりをしている。

柚子としては当然追い返すことが先に頭を占めたが、すぐに思い直す。鎌崎風臣という男がどんな男なのか、純粋に興味を抱いたのだ。

鳴海とは話し合いにならなかったようだが、相手が花嫁ということで理性的ではなかった可能性もある。第三者が間に立てば、もしかしたら話し合いが成立するかもしれない。

とはいえ、要注意人物を屋敷内に入れるのは、はばかれる。そこで、柚子が決断したのが……。

「雪乃さん。門の前でいいので、話がしたいです」

「そんな、奥様。あんな雑魚にお手を煩わせずとも、私どもで対処いたします。二度とその面を出せぬように調教いたしますから」

ギラリと雪乃の目が光った。

「一度話をしてみたいんです。こんなに嫌がっているのにどういうつもりなのか。引く気はないのか」

柚子の目は真剣そのものだった。

「ですが……」

雪乃としては毛ほどの危険すら柚子に近付けさせたくないのは分かる。

それでも、逃げてばかりもいられない。借金を返した後も鳴海の安全を確保するためには、多少の衝突はやむなしだ。

「私ひとりというわけではありません。ちゃんと護衛の人たちに周りを固めてもらいますから」

あやかし相手に人間の柚子ひとりで立ち向かうほど、柚子も馬鹿ではない。

花嫁とは呪いだと言ったのは誰だったろうか。花嫁を相手にすると愚かな行動も起こしてしまえるのが花嫁を見つけたあやかしなのだと、さすがの柚子ももう知っている。

「承知いたしました。すぐに場を用意いたします」

雪乃は心配を拭いきれない顔をしながらも、柚子の我儘に付き合ってくれるようだ。

「ありがとうございます」

雪乃に礼を言ってから、鳴海に向かい合う。

「じゃあ、ちょっと話してくるから、鳴海さんはこの部屋から出ないでね。子鬼ちゃんたちは鳴海さんと一緒にいて」

「あーい」

「あい」

以前なら玲夜の命令を優先させて、危険のある柚子のそばからてこでも動かなかっただろう。しかし自分たちの意志で柚子を選んだ子鬼たちは柚子の命令を聞き、不安そうな顔で座る鳴海の肩に乗った。

本当は龍にもいてほしかったが、柚子が発言する前に柚子の腕に巻きついてしまった。

『我も行くぞ。そいつのせいで我の大事な鱗がダメージを受けたのだからな。迷惑をかける愚か者がどんな奴か顔を拝んでやるのだ』

「いいけど。先に手を出しちゃ駄目だからね」

『それはあっちの出方次第だ』

ニヤリと笑う龍にやれやれと肩をすくめ、柚子は気合い十分で鎌崎の元へ向かった。

門の前では殺気立つ使用人たちが集まってきていた。その間を擦り抜けて前に出た柚子の正面に男性が立っている。

やや髪が乱れたように見えるのは、クセが強いというからではないはずだ。額には汗がにじんでおり、周囲の鬼たちを見て怯えているのが分かる。

これが、鎌崎風臣。鬼とは比べものにはならないが、やはりあやかしだけあって整った容姿をしている。しかし情報通り、年齢は鳴海と比べるとだいぶ離れているように見える。

鬼である使用人に対するのとは反対に、人間である柚子を見るや軽んじるように強気な眼差しを向けてくる。それだけで鎌崎がどういう人物か知れるというもの。

「芽衣を渡せ」

開口一番脅すように命令してくる鎌崎に、柚子は怯えるどころかあきれ顔。

ここをどこか分かっているのだろうか。これだけ周囲に鬼がいるのだから、玲夜の屋敷と知らぬはずがない。

「ずいぶんと不躾《ぶしつけ》ですね。名乗りすらしませんか？」

「なんだと？」

柚子は心の中で自分に言い聞かせる。

自分は玲夜の妻だ。鬼龍院次期当主である玲夜の。そんな自分が気圧《けお》されることはあってはならない。

柚子はいつも手本となっている桜子を真似るように、毅然《きぜん》とした態度で鎌崎に向き合う。

周りにこれだけたくさんの鬼が守ってくれているのだから、敵意剥き出しの鎌崎を前にしても恐怖心はなかった。それに、彼らがいるからこそ無様な姿は見せられないという気持ちが柚子を強くさせる。

玲夜の妻であることを恥じさせない存在でありたい。玲夜がそばにいなくてもやってみせると意気込む。

「ここは鬼龍院次期当主の屋敷です。先触れもなく突然やってきて騒がないでください」

「なにを偉そうに。旦那の地位がなければなんの価値もない小娘が！」

瞬間、雪乃を始めとした使用人たちの眼差しが鋭くなった。

それまでもすでに厳しかったものが、今は視線だけで射殺せそうである。

鎌崎は一瞬気圧されるも、よほど花嫁である鳴海を手に入れたいのか、鬼を前にしてもすごすご引き下がることはしなかった。

「芽衣がここにいるんだろう。隠しても無駄だぞ。私はちゃんと分かっているんだ！」

「確かにいますよ。けれど、あなたに関係ないでしょう？　家族でも恋人でもない他人のあなたには」

「芽衣は私の花嫁だ！」

「彼女は認めていません。それはあなたが誰よりご存知なのではありませんか？　彼女を手に入れるために相当あくどい真似をしたそうじゃないですか」

柚子は軽蔑したような眼差しを鎌崎に向ける。

今こうしている間にも鳴海は怯えていると思うと、彼の行為は許されるものではない。

「お前には関係ない」

「私が関係ないというならあなたもです」

「私は違う！　芽衣は恥ずかしがっているだけだ。そう、きっとあの両親に反対されていて、優しい芽衣は両親の言いなりになっているに決まっている。そうでなければどうして私を避けるというんだ？　芽衣と私は相思相愛なんだ。芽衣はツンデレだから素直になれないだけなんだよ」

自分に酔ったように語る鎌崎の姿を見て、柚子は頬を引きつらせた。

「あれ？　デジャブ？」

少し前に似たような男に遭遇したのは気のせいだろうか。

柚子がそっと雪乃に視線を移すと、まるで得体の知れない汚物でも見るかのような表情で鎌崎を見ていた。

『うーむ。ここにもストーカーがおったか。これほどはびこっているとは、世も末だな』

龍も柚子と同じ人物を思い浮かべていたようで、気持ち悪そうにしながら鎌崎に目を向けている。

「と、とりあえず、鳴海さんをあなたに会わせるわけにはいきません。お帰りください！　そして、今後彼女に関わらないで」

厳しい口調で告げる柚子は、昔を思うとずいぶんとたくましくなった。

けれど、あくまで昔の柚子と比べてだ。それなりに成熟した大人の鎌崎からしたら、なんの威嚇にもなっていない。

「鬼の花嫁だろうが、私と芽衣の邪魔をするならどうなるか分かっての覚悟だろうな？」

「……邪魔をしたら、どうするというんだ？」

地を這《は》うような低い声にはっとしたのは、柚子だけではない。

「玲夜？」

昨夜の電話では帰ってくるのはまだまだ先のように話していたのに、どうしてここにいるのか。

柚子はいつの間にか近くまで来ていた玲夜をびっくりとした目で見る。

門から少し離れたところには、普段玲夜が使っている車が停まっている。きっと門前で騒いでいるのに気付いて出てきたのだろう。

守るように柚子の周りを固めていた使用人たちが、すぐさま動いて柚子までの道を空ける。

玲夜のあふれる存在感と威圧感に、鎌崎は顔色を変えた。

「きさま、まさか俺の柚子に対して脅しているわけではないよな？」

鎌崎を見据えるその目は、研いだ刃のように鋭く射貫く。

「ひっ……」

引きつらせるように息をのむ鎌崎は、しかし花嫁である鳴海の存在を思い出したのか玲夜に食ってかかる。

「わ、私の芽衣を返せ！　花嫁を奪うなど、いくら鬼龍院だとしても横暴がすぎるではないか！　あやかしならば素直に引き渡せ」

「誰にものを言っている？」

ただひと言なのに、言い表せぬ圧はさすが玲夜であった。

あれほど饒舌《じょうぜつ》に語っていた鎌崎は絶句している。ただただ、怯える小動物のように肩を震わせていた。

「失せろ」

「ひ、ひぃぃ」

凍りつくような声に、鎌崎はなすすべなく走り去っていった。

すると、柚子の腕に巻きつく龍が憐憫を含んだ表情で口を開く。

『うーむ、なにやら不憫に思えてきた。あれほど強い霊力を叩きつけられたら、ちびってもおかしくなかろうに。よく耐えたものだ』

「どういうこと？」

『人間の柚子には見えておらなんだが、あやつめ、かまいたちの男を鬼の気配がたっぷり乗った霊力で威圧しておった。ほれ、他の鬼ですら冷や汗を流すほどなのに、かまいたちのように弱いあやかしなら即死レベルだぞ』

龍に言われてから周囲の様子をうかがうと、雪乃を始めとした使用人たちが顔を強張らせていた。中には額に汗を浮かべている者もいる。

どうやら柚子の知らぬところで壮絶な攻防が行われていたらしい。

まったく気が付かなかった。だが、おかげで鎌崎は撃退できたので、なんの問題もない。

それよりも柚子にとって今重要なのは鎌崎よりも玲夜である。柚子は早足で玲夜に近付いた。

「玲夜、どうしているの？　まだ仕事が忙しいって言ってたのに」

「仕事は終わらせてきた。柚子を驚かせようとして昨日は伝えなかったんだ。驚いたか？」

ドッキリが成功したように喜色を浮かべる玲夜に、柚子は肯定するしかない。

「驚いたに決まってる！　まだ時間がかかると思って私……」

玲夜のいない寂しさを紛らわせるように、子鬼、龍、まろ、みるくと一緒に眠った。まだ帰れないと聞いて、ひどく落ち込んで夜を明かしたというのに、帰れるなら帰れると言ってほしかった。

「私がどんな気持ちで待ってたか」

少々八つ当たりぎみに玲夜に言葉をぶつけると、玲夜は柚子を腕におさめ、包み込むように強く抱きしめる。

「俺も柚子と同じだ。会いたくて会いたくて仕方なかった。だから、大急ぎで仕事を終わらせてきたんだ」

「ええ、まったく。無茶をなさいますよ」

やや疲れた様子で現れたのは高道だ。

「玲夜様ときたら、一日でも早く帰るためにスケジュールを詰め込みまくったのですよ。付き合わされる社員が気の毒なぐらいです。ですので、労ってさしあげてください」

「そうなの？」

玲夜を見上げるが、疲れが見える高道と違い表情に表れないのでよく分からない。

しかし、高道の様子から察するに、苦労したのがうかがえる。

「玲夜も私に早く会いたかったの？」

「当たり前だ。本当なら一日たりとも離れたくはないさ」

飾らぬ率直な言葉に、柚子はふわりと微笑む。寂しがるのが子供っぽくて恥ずかしいと思っていたが、玲夜も自分と同じだと知り嬉しくなる。

そういえば、まだ伝えていない言葉があった。

「玲夜。おかえりなさい」

「ただいま。柚子」

玲夜はいつもしているように、柚子の頬に軽いキスをした。

それをはにかんだ表情で受け入れた柚子は、続いて玲夜を鳴海に紹介するべく屋敷の中に入った。

部屋で待っていた鳴海は玲夜に恐縮し通しで、ペコペコと頭を下げていた。

なにやら自分に対する態度と違う気がして、柚子は複雑な気分だ。

あやかしが嫌いだったのではないのか。鳴海も玲夜の美しさの前にひれ伏してしまったのだろうか。

「あなたが、あいつを追い返してくれたと聞きました。それに、両親のことも守るように手配してくれたのはあなただって。なにからなにまで、本当にありがとうございます」

その言葉で合点がいく。

これまでの対処と、先ほど鎌崎を一蹴したので玲夜に好印象を抱いたというところか。実際に、柚子に対しても鳴海は態度を軟化させてきている。

「礼は柚子に言え。お前を助けると判断して動いたのは柚子だ。俺は柚子が望んだから手を出したにすぎない」

そう言って柚子に優しく微笑みかける玲夜を、鳴海は悲しげな表情で見ていた。悔しいという方が正しいかもしれない。

「……あなたみたいなあやかしもいるんですね。あやかしは皆あいつみたいな奴らばかりかと思ってました。花嫁のことを自分の所有物と感じているような最低な奴らだって」

「玲夜は私を所有物なんて思ったりしないよ」

「いや、思ってるぞ」

柚子がせっかく否定したのに、玲夜は反対の言葉をしれっと口にする。

「えっ」

柚子はなんとも言えない顔で固まった。

「柚子の体も髪も目も唇も全部俺のものだ。所有物というならその通りだろう。その代わり、俺も柚子の所有物だがな」

「玲夜……」

あまりにも色気を漂わせる玲夜に、柚子だけでなく鳴海まで顔を真っ赤にしている。

できればこういうことはふたりきりの時に言ってほしかった。恥ずかしすぎる。

鳴海にどんな顔を向けたらいいのか分からず、柚子は両手で顔を覆う。

からかうような笑みを浮かべながら横に座る柚子を抱き寄せ頭にキスをするものだから、柚子の羞恥心は最高潮に達している。

柚子にとことん甘い玲夜に慣れた透子たちならば、またやってるぐらいにしか思わないだろうが、初見の鳴海には免疫がなく、ひどく居心地が悪そうにしていた。

「玲夜、お願いだから鳴海さんの前ではやめて……」

消え入りそうな声でお願いすれば、しぶしぶという様子で手を離された。

柚子はほっとして、まだ赤らめた顔のまま鳴海に向き合う。

「玲夜が追い返しちゃって、あの人とは結局話にはならなかったの、ごめんね」

『いや、そうでなくとも会話になっておらなかった。あやつ、前に柚子にストーカーしていた教師と同じ匂いを感じたぞ。完全に自分の世界の住人だったではないか』

「そうなの？」

鳴海がいぶかしげに視線を送ってくる。

「うん。鳴海さんと自分は本当は相思相愛なんだとか。素直になれないだけだとか」

「気持ち悪い……」

鳴海は吐き気をもよおしそうなほどに顔を歪ませた。

最近同じような目に遭った柚子には気持ちが大いに分かる。柚子のトラウマまで刺激されそうだ。

ああいう輩には二度と会いたくないと思っていたのに、そう時を置かずして出会ってしまった。自分が相手でないことが幸いだろうか。いや、鳴海にとってはこれ以上ない不幸だろう。

「あれはひと筋縄ではいきそうにないね」

「そうなのよ。何度か話した時も、人の言うことを聞かないし、自分主導で進めるから全然会話にならないのよ。こっちは何度も根気よく話していても無駄に終わってばかりで……。最終的には『花嫁だから』で全部終わらせちゃうんだから参ったわ」

鳴海は頭を抱えたが、相手がそのような調子では抱えたくもなるだろう。

「時には脅迫したり声を荒らげて威圧したりしてくるから、私も怖くてびびっちゃって。それが余計に付け上がらせちゃう結果になってるんだと思う。私がもっと毅然と対応できたらよかったんだけど、あっちは柄の悪そうな付き人も一緒だったから……。ほんと悔しい……」

「大人の男の人相手なら仕方ないよ」

自分の言葉が慰めになっているか分からないが、かけることしかできない。

玲夜はこれでいったん終了とばかりに話を終わらせる。

「とりあえずゆっくりしているといい。脅しておいたから、この屋敷に近付いてきたりはしないだろう」

「本当にありがとうございます」

鳴海は玲夜に深々と頭を下げた。そして、恥ずかしそうにしながら、やっと聞き取れる声で「あんたもありがと」と柚子にも付け加える。

鳴海にはこれまで散々な言われようだったので、本人も柚子には感謝を伝えづらいのかもしれない。そう思うと、なんだか温かな気持ちになった。

「どういたしまして」

柚子は嬉しそうに返した。


鳴海には部屋でくつろぐように伝え、柚子と玲夜は自室へと場所を移す。子鬼たちはまだ少し鳴海のそばにいるとついていった。

まろとみるくは龍となにやら話し中のようで、今は柚子と玲夜のふたりだけ。部屋に入り扉を閉めるや、後ろから抱きしめられる。

背中に感じる玲夜の温もりに、確かな存在が伝わってくる。

柚子はくるりと体制を変え、自分からも玲夜に腕を回して抱きついた。

玲夜がここにいることを確かめるように、しっかりと捕まえる。

そして、顔を見合わせると、どちらからともなくキスをする。たった数日のことなのに、何年も離れた恋人のようにお互いの存在を確かめ合った。

部屋のソファーに玲夜が座り、横抱きにされる柚子はずっと玲夜にぴとりとくっついている。

「……鳴海さんも災難だよね。あんな人に目をつけられるなんて」

「花嫁を見つけたあやかしの中には、強引な手段に出る者も珍しくはない」

もしも自分だったら……と柚子は自分の身に置き替え、玲夜に尋ねる。

「玲夜だったら同じことをした？」

「俺か？」

誰よりも権力のある玲夜なら、たとえ柚子が嫌がったとしても簡単に手中に収めてしまえるだけの手段がいくらでもあるだろう。

「私は家族と折り合いが悪くて花嫁に憧れがあったし、玲夜が花嫁だって言ってくれて戸惑いも大きかったけど嬉しさもあった。でも普通に考えたら、鳴海さんみたいに拒否しちゃってもおかしくないよね」

突然花嫁だと押しかけられ、はいそうですかと素直に受け入れるのは難しいのではないか。

そう考えると、自分はなんとチョロい女だったのだろう。いくら追い詰められていて冷静な判断ができなかったとはいえ、初対面の相手の家に出会った直後についていったのだから。

「まあ、正直、玲夜から花嫁にって求められて拒否できる人がいるかどうか分かんないけど……」

なにせ鬼の中でもトップレベルの容姿だ。多少の傲慢さを見せても、鎌崎と違って花嫁だと喜ぶ人は少なくないはず。

「でも、私が嫌がった可能性もあるわけだし、そうしたら玲夜はどうしてた?」

玲夜が鎌崎のような卑劣な行いをするとは思えないが、少し気になった。

「そうだな。もし柚子に嫌がられていたら、とりあえずは様子を見て……」

「様子を見て?」

「柚子に好かれるように一生懸命口説く」

ふっと笑った玲夜は、柚子の頬を撫でる。

「柚子が俺に落ちるまで、何年かけてでも愛を伝え続ける。だから余計にあの男は馬鹿だなと思う」

「あの男って鎌崎って人?」

「ああ。もしかしたら真摯に気持ちを伝えていたら相手も受け入れてくれたかもしれないのに、そのチャンスを無駄にしたんだからな」

「真摯って、あの人には無理じゃないかな。だってすでに奥さんがいるんだよ。しかも、政略結婚とかじゃなくて恋愛婚。私、その情報見て目を疑ったもの」

柚子とて玲夜に桜子という婚約者がいると知った時には言葉を失った。自分は騙されているんじゃないかと思ったし、ショックだった。

一族が決めた政略だと聞き、玲夜が好んで決まった婚約じゃないと分かって安堵したものの、複雑だったのは間違いない。

だからこそ、愛し合った奥さんがいる鎌崎を鳴海が拒否するのは当然だと思える。

「じゃあ、もし玲夜が結婚していたらどうしてた？　あやかしにとって花嫁が特別なのは理解してるつもりだけど、花嫁だからって簡単に相手を変えられてしまえるものなの？　花嫁を見つけた瞬間に奥さんはどうでもよくなっちゃうの？」

疑問がどんどん湧いてきて、質問が止まらない。

「俺は柚子を選んでいただろうな。それまでの妻を捨てても」

即答で自分を選んでくれたのは嬉しいが、『それまでの妻を捨てても』という発言には複雑な気分になる。

すでに玲夜と結婚しているからか、どうしても奥さん側の気持ちになってしまうのだ。

突然愛した旦那に、他に相手ができたからと捨てられたら……。柚子ならショックで立ち直れない。

「うー。玲夜に他の女性ができるなんて考えたくない」

柚子は眉間に皺を寄せて少々不細工な顔になってしまっている。

そんな顔すら愛おしいというように、玲夜は優しい眼差しで柚子を見つめる。

「俺の場合は一族が決めた相手だったからな。鎌崎という男のように、一度愛した相手を捨てるという気持ちは分からない。そもそも、これまで柚子以外の誰かに好意を持ったこともないし」

これには柚子もびっくりだ。

「えっ、ひとりも？ 付き合ったりは……さすがに桜子さんがいるから駄目か。でも、この人いいなとか、初恋とか」

「いないな。昔も今もこれからも、俺には柚子だけだ。他には必要ない」

玲夜には自分だけ。それがどれだけ柚子を嬉しくさせているか、玲夜に伝わらないのが悔しい。

「だが、鎌崎という者のように、花嫁を見つけた途端、恋人や妻を捨てて花嫁に走るあやかしは少なくない。花嫁を欲するのはあやかしの本能だからな。だが、本能だけで生きているわけではない。柚子の友人のように、花嫁を得ずに別のあやかしとの幸せを選ぶ者だっている」

「うん」

蛇塚と杏那のように。

「結局はそのあやかしの本質次第だ。そこは人間同士でも同じじゃないのか？」

「確かにそうだと思う」

人間だって、浮気する者もいるし離婚する者もいる。もちろん、生涯ひとりの人を大切にする人間も。

鎌崎は前者だったということかと、柚子は納得した。

「私が花嫁だからあり得ないって分かってるけど、玲夜は私以外に目を移さないでね」

「柚子が危なっかしくて、そんな暇はないさ。たとえ柚子が花嫁でなかったとしても変わらない。俺だけの柚子だ」

玲夜はクスリと笑い、柚子に触れるだけのキスを落とした。

六章

宝くじの番号の抽選をライブ配信で見守る。

鳴海の手にはくしゃくしゃになったくじ券が握られており、発表を今か今かと待つ。

そして、次々に数字が発表されるたびに、鳴海の目が光り輝いていく。

「来い来い来い来い！」

興奮しすぎで顔を真っ赤にしながらテーブルをバンバン叩いている鳴海の耳に、最後の当選番号が響いた瞬間。

「よっしゃぁぁぁ！」

ガッツポーズを天に掲げる鳴海は最高潮に盛り上がっていた。

柚子も、大喜びで拍手する。

「わー、ほんとに一等当選した。すごいね」

「あーい」

「あいあい！」

『それもこれも、我のおかげだぞ』

一緒に喜ぶ子鬼と、ドヤ顔の龍がいる。

そんな中で、さっきまで大興奮していた鳴海は次には涙をボトボトと落とし、号泣しだした。

「うわぁぁん！　これでお店が助かるー」

緊張感から解き放たれたように涙する鳴海の背を、柚子はトントンと撫でる。

「よかったね」

鳴海はついに言葉も出なくなってしまい、ただひたすらこくこくと頷いた。

「でも、まだ終わってないよ。換金してお金を叩き返さないと」

「う、ん……」

鳴海は涙を拭う。柚子と鳴海の目は次を見据えていた。

翌日、鳴海は両親と合流して銀行で換金した。

普通は時間がかかるもののようだが、そこは鬼龍院。どうやったのかその日の内に換金できた。

当選金額は七億と、借金を返してもあまりある。傾いた店の再建にも役立つだろう。

あれほど大喜びだった鳴海は七億という大金を前に挙動不信になっていたが、それは鳴海の両親も同じだ。

これから鎌崎の会社へ乗り込む予定にしており、鳴海一家だけでは心許ないので柚子と護衛も付き添うことになった。

本当は玲夜もついてきたがったが、仕事で来られなかった。大急ぎで出張を終わらせたがため、後回しにできなかったのだ。

代わりに柚子の護衛にはいつもより選りすぐりの人材を多く投入してくれた。

ありがたいが、過保護がすぎると柚子は苦笑する。

「いいか、柚子には指一本触れされるな」

玲夜は柚子のことになるといつでも本気だ。集めた護衛たちに向け、脅しをかける。

「もし柚子に怪我でもさせてみろ。そしたら……」

背筋がぞくりとするような眼差しで見られ、護衛の男性たちは縮み上がった。

「イエッサー!!」

「了解であります！」

「はひぃぃぃ」

まさに魔王降臨。顔を青ざめさせ引きつらせていた護衛たちが、かなり不憫だ。

バイブレーション機能でも搭載しているように、体を小刻みに震わせているではないか。胃を押さえていた人には後で胃薬を差し入れしようと思う。

「任せたぞ」

颯爽《さっそう》と仕事に向かった玲夜が見えなくなって、護衛たちはやっと息をつく。

「やべえ、魔王やべえ」

「千夜様も大概だが、玲夜様もかなりのもんだぞ」

「俺、明日生きてるかな……？」

など怯えている護衛のことはとりあえず置いておいて、いざ鎌崎の元へ。

スーツケースを何個も持って、鎌崎が社長を務めている会社のオフィスビルへやってきた。

受付で鎌崎を呼び出す時には鬼龍院の名前を大いに有効利用させてもらう。玲夜の妻とその関係者だと聞いて無下に扱うあやかしの一族はいない。

受付は人間のようだったが、鬼龍院の名を知らぬわけではなかったので大慌てであったのは申し訳なかった。

けれど、鬼龍院の名前で脅しをかけたのは柚子ではなく護衛たちだ。

そもそも柚子に鬼龍院の名前で脅すなどという真似ができるはずがない。

鬼龍院の名前を出すことによって玲夜に迷惑がかかるかもしれないのだから、気の弱い柚子は考えもしない。

だが、玲夜から圧をかけられている護衛たちは、文句なら玲夜にとばかりに鬼龍院の名前を活用しまくっていた。

後で玲夜に叱られないか心配する柚子に、彼らは「柚子様のためなら怒られないので大丈夫です」と白い歯を見せながらぐっと親指を立てた。

「むしろそうしないで柚子様に危険が及ぶ方が怖いし……」

「俺らがな……」

誰かがぼそっとつぶやいたのがしっかり聞こえてしまった。

そんなこんながありながら鎌崎の部屋へ通されると、鳴海の姿を見て鎌崎は不敵な笑みを浮かべる。柚子たちの姿など眼中にない様子だ。

「芽衣、やっとお前から来てくれたのか」

大きく手を広げて鳴海を受け入れる姿は滑稽そのもの。独りよがりな愛情を見せる彼に対して鳴海が蔑むような眼差しで見ているのを本人だけが気付いていない。

「私の花嫁になる決心をつけてくれたか。鬼の家に連れていかれた時はどうなることかと心配していたんだ。きっとそこの女にそそのかされたのだろう。お前は騙されやすいからな。やはり私がいなければ生きていけないんだ」

ちょいちょいと鳴海を蔑む発言をする鎌崎に、柚子は不愉快な気分になる。それは鳴海も同じようで、目に怒りが映っている。

「誰があんたのものになるか！　今日は借金を返しに来たのよ」

「借金を返す？　なにを馬鹿な」

真剣な眼差しの鳴海を前に鎌崎は声をあげて笑う。

「ははははっ、冗談はやめてくれ。五億だぞ、五億。そんな大金を寂れた店ひとつしか持たないお前の家が払えるわけがない」

寂れさせたのは鎌崎だというのに、なんという言い草。まさに、お前が言うなと怒鳴りつけたい。

「お前は私の花嫁になるしかないんだよ」

嘲笑う鎌崎に向け、不敵な笑みを浮かべた鳴海がスーツケースのロックを外して中身をぶちまける。何枚もの札が宙を舞った。

鳴海はひとつだけでなく、次から次にスーツケースを開けては投げつける。

札束がそこら中に散らばる異様な光景だが、場を作り出した鳴海は鼻を鳴らし満足げだった。

「しめて、五億。受け取りなさいよ」

「そ、そんな。あり得ない……」

鎌崎は激しく動揺しているようで、視線をさまよわせている。そして柚子に目を止めた。

「お前かあ！」

目を血走らせながら向かってくる鎌崎に柚子は身構えたが、鎌崎の手が柚子に届く前に玲夜がつけた護衛たちに阻まれた。手を後ろにひねられ床に押し倒される。

護衛たちも玲夜に脅されているために必死なので、全然手加減ができていないのか、
鎌崎が呻き声をあげた。

「うあぁ」

「柚子様、お怪我はないですよね？　ね!?」

「はい」

「本当ですね!?」

柚子が頷くとあからさまにほっとする護衛たちに、どれだけ玲夜が怖いのかと柚子も苦笑してしまう。

「鬼龍院の力を借りるなど卑怯だぞ！」

鎌崎は柚子が金を用意したと誤解しているようだ。

確かに玲夜なら五億ぐらいすぐに用意できるが、このお金は違う。

「これは正真正銘私たち家族のお金よ。運よく宝くじが当たったおかげでね」

そこには龍や猫たちのご利益が多分に含まれていたが、そこまで教えてやる必要はない。

まあ、霊獣たちの力を借りた裏技みたいなものだから、卑怯と言えなくもないが。

「そんなことあり得ない！」

「あり得るからこうしてお金を持ってきてやったのよ」

鎌崎を見下ろす鳴海の目のなんと冷たいことだろうか。

鎌崎はしきりに「あり得ない、あり得ない」と繰り返している。よほど想定外だったらしく、事態を受け入れられていない。

しかし、納得するのを待ってやる義理などなく、鳴海は早々に背を向けた。

「二度と私たち家族に関わるんじゃないわよ！　行こう、お父さん、お母さん」

鎌崎のことなど眼中にないように去っていく鳴海の後を柚子も追う。

一度だけ振り返った柚子の目に、護衛から解放されがっくりと膝をつく鎌崎の姿が映った。

その後、鳴海の両親から何度となくお礼の言葉をかけられ、今度店に食べに来てくれと誘われた。柚子の答えは当然決まっている。

「ぜひ、行かせていただきます」

どうやら店を見張っていた鎌崎の手下もいなくなったと報告があり、鳴海も無事に家に帰ることができた。

これで万事解決と言いたいところだが、柚子は花嫁だからこそ、花嫁を見つけたあやかしの執着心を知っている。

このまま大人しく引き下がってくれればいいのだがと願いつつ、柚子は日常に戻った。

鳴海との一件から二日後。間近に迫った試験の勉強を学校の休み時間に行っていると、昨日は学校を休んでいた鳴海が憔悴《しょうすい》した様子で柚子の元にやってくる。

「ちょっといい？」

「はあ⁉ なによ、あんた。柚子になんか用？」

鳴海と和解した形になったことを知らない澪は臨戦態勢に入るが、かばうように子鬼たちが鳴海の肩に乗った。

「あいあーい！」

「あーい！」

「えー。なに、あんたたち。いつの間にそんなに仲良くなったのよ」

おもしろくなさそうな澪の様子に苦笑して、柚子はふたりの間に入る。

「ごめんね、澪。ちょっと鳴海さんと話してくる」

「えー、柚子までどうしたの？ つい数日前まで険悪だったのに」

「この間話をする機会があって、お互い誤解があったのが分かったの。でも今は解消したからもう大丈夫。心配してくれてありがとうね」

「むー。柚子がそう言うなら分かったけど、私はまだ許してないからね」

ビシッと人差し指を突きつけて目を吊り上げる澪に、鳴海は反抗する気力すらないようだった。

これはただ事ではないと察した柚子は、鳴海の手を取った。

「じゃあ、ちょっと行ってくるね。次の授業に間に合わなかったら、うまく言っておいてくれる？」

「……分かった。なにかあったらすぐに私に知らせてよね」

澪は不満そうにしながらも手を振って見送ってくれた。

人気《ひとけ》のない場所に移動して鳴海と話す。

「どうしたの？　なにかあった？」

「………………」

鳴海は話すのを迷っているようだった。

「鎌崎のこと？」

柚子から話しかけると、堰《せき》を切ったように話しだす。

「あんなにお世話になって、これ以上あんたに相談するのはどうかって思ったの。けど、他に頼れる人がいなくて……」

「なにがあったの？」

「借金もなくなって、資金もできたし、心機一転また一から店を大きくしていこうって話してたの。けど、家に帰った直後から続々と仕入れ先から仕入れを断られるようになったのよ」

すぐに嫌な予感がした。

「最初はこんなこともあるかって笑ってた。ほら、うちってあいつのせいで悪い噂が出てたから。でも、その後いろんなところに頼んだけど、どこからも商品を仕入れられなくなったの。さすがにちょっとおかしいって思ってたら、昔から付き合いの長かった仕入れ先の人がこっそり教えてくれたの。鎌崎の会社が裏で手を回して商品を仕入れられないようにしてるって」

「やっぱり……」

柚子は表情を曇らせる。

柚子の予想していたかのような言葉に、鳴海は反応した。

「やっぱりってどういうこと⁉　あんた、こうなるのが分かってたの⁉」

鳴海の手が柚子の肩を力強く掴み、柚子は痛みでわずかに顔を歪める。

すると、子鬼が柚子を助けようと鳴海の指にがぶりと歯を立てた。

「いたっ！」

柚子の肩から手を引いた鳴海は少し冷静になったようだが、まだ混乱しているに違いない。

「鳴海さん、落ち着いて。私がやっぱりって言ったのは、借金を返しただけで鎌崎が引き下がると思えなかったからよ。まさか商品を仕入れられないようにするのは予想外だったけど」

『むすめごよ。散々柚子に世話になっていてその態度はないのではないか？』

「あ……」

厳しい眼差しを向ける龍の言葉を聞いて、鳴海の顔には後悔の色が現れていた。

「ご、ごめんなさい。私……動揺してて。本当にごめ……っ」

鳴海はたまらず顔を覆った。かなり追い詰められているようだ。

「うん。大丈夫だから気にしないで」

鎌崎が今後なにかしら仕掛けてくるのではないかと柚子は玲夜と話していたのだが、他人の柚子が勝手に動くわけにもいかず、鳴海の相談待ちだったのだ。

しかし、こんなにも辛《つら》そうな姿を見ると、先手を打っておくべきだったのではないか。せめて忠告のひとつでもしておくべきだった。

謝らなければならないのは、予想していながら黙っていた柚子の方かもしれない。

「状況を知りたいの。鳴海さんのお店に行っていい？」

「それは、もちろん。でも、いいの？」

「うん。行けるなら今すぐ行こう」

柚子はまず迎えの車を頼んでから、鳴海とともに私服に着替える。

学校内ではコックコートを着ているので、その格好のまま外に出るわけにはいかない。

着替えている間に車が到着したようで、学校前に停められた車に乗り込み、鳴海の店へ向かった。

駅からも近く、人通りも多い道の通りに立つ店は、立派ななりをしているがクローズの札がかけられたままだ。周辺の店が開いている時間帯だというのに店は暗く閉められている。

人の気配がない店内に、鳴海と柚子は入っていく。

店舗と住居が一体になっている作りのようで、店の奥にはキッチンがあり、さらにその奥はリビングになっていた。

そこには、意気消沈した鳴海の父親がいた。すぐそばには電話とリストらしきメモが置いてあり、たくさん書かれた名前が横線で消されている。

「お父さん」

心配そうに、そして様子をうかがうように鳴海は声をかける。

「おお、芽衣。それに柚子さんまで。いらっしゃい。遊びに来てくれたのかい？　けど、悪いね。料理を出してあげたいんだけど、まだ店は再開していないんだよ」

無理やり作られた笑顔が痛々しかった。

「お父さん、どうだったの？　取引してくれるところはあった？」

「いや、どこも駄目だったよ」

力なく笑う鳴海の父親の手元にあるメモを柚子は手に取る。

「借金を返せばすべて元通りだと思っていたんだが、世の中そんなに甘くないってことか……」

「あきらめないでよ！」

弱った父親の姿は見たくないと言うように、鳴海は声を荒らげる。

「そうは言ってもな。食材がないんじゃ、作りたくても作れないさ」

鳴海はなにか言葉を発しようと口を開いて、すぐに閉じた。言いたいことはたくさんあるのだろうが、悔しそうに唇を噛み耐えている。

そんな暗い空気を払拭するように柚子がメモをテーブルに叩きつける。

びっくりしたように柚子を見る鳴海親子に向け、柚子はにっこりと微笑んだ。

「鳴海さんのお父さん、必要な商品や材料を書き出してくれませんか？」

「えっ？」

「ほら、お願いします」

「は、はい！」

柚子に背中を押されるように、鳴海の父親はペンを走らせる。

それを見ながら柚子は電話をした。相手はもちろん、頼りになる旦那様だ。

玲夜は、なにかしらの邪魔が入ると想定していた。だからこそ、なにか助けが必要ならばすぐに連絡するよう柚子に言い置いていたのだ。

「玲夜、今大丈夫？」

『ああ。なにをしてほしいんだ？』

やはり玲夜にはお見通しのようだ。

それも当然。柚子が学校を抜け出したことも、鳴海の店に行っていることも、柚子のすべては玲夜に報告される。

「あの男が鳴海さんのお店に商品を仕入れないようにしたみたいなの。なんとかできる？」

『問題ない。鬼龍院の傘下には、飲食店に食材その他もろもろを卸している会社もあるからな。必要なものを高道に伝えておいてくれ』

「分かった。ありがとう」

『礼は帰ってからたっぷりともらう。覚悟しておけ』

こんな緊迫した時なのに、色気を含んだ玲夜の声に柚子は頬を染めた。

玲夜との電話を切ると、鳴海の父親が書き出したものを高道にメールする。

すると、二時間後には注文した商品が届いたのである。

これには鳴海親子もびっくりしていた。

ついでに玲夜は商品を卸している会社の社員も寄越してくれたようで、その場で契約を行い、今後はその会社が食材などを卸してくれることになった。

鳴海の父親は安堵からか静かに涙を流し、何度も何度も頭を下げていた。

鳴海も喜んでいたが、柚子の方を見ながら複雑な表情をする。

「ねぇ、どうして？」

「なにが？」

「私、あんたにひどいことばっかり言ってたじゃない。敵意剥き出しでムカついたでしょう？　それなのにどうして、こんなにも私を助けてくれるの？」

鳴海が理解できないのもしょうがない。

けれど、柚子もなんの考えもなしに動いていたわけではなかった。

「以前にね、鳴海さんと似た状況の子と会ったの。親が負債を抱えてて、援助と引き換えに花嫁になった子」

「えっ」

「その子は自分を花嫁に選んだ相手を毛嫌いしてた。親に言われるまま花嫁になって、相手を嫌って、そのくせ相手から援助はもらってたの」

「なにそれ。嫌なら花嫁なんてならなきゃいいじゃない」

その通りだ。

「あやかしの方が強要したの？」

だったら許せないというように鳴海の目つきが鋭くなるが、蛇塚は強要などしていない。

「ううん。花嫁になるかは本人の意志に任せられてたみたい。だから、嫌なら断ればよかったのよ」

「なおさら、なんでよ」

「本当だよね。彼女は利益を受けながら、嘆くことしかしなかった。あがくことをしなかった」

それは昔の自分にも重なる。嘆くだけで誰かの助けを待つだけだった、柚子。そして梓。

けれど、鳴海は違う。現状を打破しようと自分の力で乗り越えるべく努力している姿が、率直に尊敬できた。

「羨ましかったのかな。鳴海さんは自分の力で立って道を切り開こうとしていて、そんな強さに私は惹《ひ》かれたんだと思う」

自分には備わっていなかった強さ。

「私はあなたを尊敬する」

柚子がニコリと微笑みかけると、鳴海は照れくさそうに視線をそらす。

「私はそんな大層な人間じゃないわよ。結局はなにもできなかったんだから」

「鳴海さんが頑張ったからよ。それに、純粋に友達になりたかったのかもしれない」

「……だったら、これからは友達になってあげてもいいわ。芽衣って呼んでもいいわよ」

柚子は目を見張ってから、相好を崩す。

「うん。ありがとう、芽衣」

すると……。

「ありがとうは、私の言葉でしょう。柚子」

鳴海——いや、芽衣は、初めて柔らかな笑顔を見せてくれた。

＊＊＊

まだ日も昇らぬ夜中、玲夜はぱっと目を覚ました。

隣には最愛の妻である柚子の姿があるが、その表情は険しく、苦しそうにしている。

うなされているようで、額に浮かんだ汗を玲夜はタオルで拭った。

起こすべきか迷っていると、次第に穏やかな寝息へと変わっていった。

それを見てほっと息をつく玲夜は、最近のことを思い返す。

柚子がこうしてうなされ始めたのはいつからだったろうか。

出張を早く切り上げてきたのも柚子が心配だったからに他ならない。

けれど朝にはケロリとしており、柚子は自分がうなされているのにも気付いていないようだった。

細心の注意は払っているが、まだストーカー事件が尾を引いているのだろうかと心配な玲夜は高道に相談した。ひどいようなら医者に診せるのも視野に入れていたから、その手配のためにも高道に知らせておく必要があった。

夢でうなされたごときで大げさだと他人は言うかもしれない。けれど、玲夜にとって柚子は唯一無二の存在。わずかな憂いも与えたくなかった。

すると、高道は最近柚子の不安になっているものを取り除けばいいのではないかと提案してきた。

今、柚子のストレスになっているものは柚子本人に聞かずとも分かる。

最近仲良くなった鳴海芽衣という娘。鳴海はかまいたちのあやかしである鎌崎という男の花嫁であったために執着されている。

普通なら、だからどうしたと捨て置くのだが、柚子は鳴海を大層気にしている。

そのためにもともとあった借金は返し、店の取引はすべて鬼龍院系列のものに変えた。もはや鎌崎ごときに手を出す隙など与えてはいない。

しかし、それでもなお、ちょくちょく鳴海の周りに出没するようで、彼女を怖がらせていると柚子が話していた。

時に柚子が体を張って追い返しているそうだが、玲夜としては逆上した鎌崎に柚子が傷つけられないかと心配でならない。

当然、護衛は以前よりも強化した。龍も子鬼もそばにおり、アリンコ一匹近付けさせない体制が整っている。

だが、万全だったとしても心配は尽きないのだ。

これは柚子のためにも自分自身のためにも、早々に鎌崎という男を潰しておいた方がいいと玲夜は判断した。


訪れたのは、とあるパーティー。特に代わり映えのしない、上流階級のあやかしの集まりだ。

ここに鎌崎が訪れると報告があった玲夜は迷わず参加した。そして玲夜の方から鎌崎に接触したのである。

周囲では玲夜から話しかけられた鎌崎を羨ましそうにしているが、射殺しそうなほどの目で見られている鎌崎の額には汗がにじみ出ている。

顔も強張っており、玲夜への恐怖心で立っているのがやっとであった。

それを分かっていながらさらに眼差しを鋭くする玲夜。

「俺はあまり気の長い方ではない。言いたいことは分かるな？」

「あなたには関係ない」

「俺の大事な花嫁が、お前がちょっかいをかけている娘と懇意にしている。それゆえ柚子が大層心配しているんだ。俺の花嫁を煩わせることの愚かさを身をもって知りたいか？」

あやかしの世界で千夜に次ぐ霊力を持った玲夜からの威圧に、息も絶え絶えな鎌崎。鬼との力量の差をその身に理解させられている。

「警告はこれが最後だ。二度と柚子にも柚子の友人にも近付くな。関わろうとするな」

「……くっ」

それだけを告げると、玲夜は鎌崎に背を向けた。

すると、すぐに別のあやかしに声をかけられる。

横には人間の女性。愛おしげに腰に手を回している仕草から、花嫁であるとすぐに理解する。

そのあやかしは、玲夜も何度か顔を合わせた覚えのある人物だった。

「お久しぶりです。玲夜様」

「ああ」

「紹介するのは初めてとなりますが、妻の穂香です。以前は花茶会で玲夜様の奥方とご一緒したようで、ご挨拶に参りました」

「そうか。柚子が世話になったようだな」

穂香という女性はただ静かに頭を下げた。その目はどこかうつろで、元気がないように見える。

しかし、柚子以外は眼中にない玲夜にとってはどうでもよく、気にも留めない。

「なにやら揉めているように見えましたが、大丈夫でしたか？」

「ああ、問題ない。少し花嫁に目がくらみ理性を放棄したあやかしに、あきらめというものを教えていたところだ」

玲夜が振り返ると、鎌崎がフラフラと会場から出ていこうとしているところだった。

男性はにこやかに笑いだした。

「なんとも酷なことをおっしゃる。我々あやかしにとって花嫁がどれだけ甘美な誘惑か、花嫁を持つあなた様が知らぬはずがないでしょうに」

「そうだな」

玲夜は男性につられて思わず苦笑する。

「花嫁への執着心は不治の病ですよ。かくいう私も、その不治の病に冒されているのですがね」

そう言って、穂香をさらに引き寄せた。穂香はまるで人形のようにされるがままだ。

その様子から、ふたりの関係性がなんとなく察せられる。

いつか柚子も自分に死んだような目を向けてきやしないかと、玲夜は気が気でならない。

こういう現実を見せられるので、玲夜のパーティー嫌いは柚子という花嫁を得てから悪化したように思う。

穂香は、夫であるあやかしの方をチラリとも目を向けずにいる。しかし、視線はなにかを追うように動いていた。その先をたどると、先ほど鎌崎が出ていった会場の外へつながる扉だった。

すると、それまで静かだった穂香が初めて声を発する。

「旦那様。少しお化粧室へ行ってまいります」

「俺もついていこう」

「いいえ。旦那様はどうぞ、鬼龍院様とのご歓談を続けてくださいませ。鬼龍院様とお話しできる機会など多くはありませんから」

あやかしは一瞬考え込んでから、穂香から手を離した。

「確かにそうだな。なにかあればすぐに私を呼ぶんだよ」

頬にキスを落とし、名残惜しそうに穂香を見送る。

この時穂香がほの暗い顔で笑っていたのに気付くことなく、あやかしは笑った。

「ははは、いけませんね、花嫁を持つあやかしというものは。たかだかトイレにすら嫉妬してしまいます。玲夜様も同じではありませんか？」

「俺はそこまでひどくはないが、気持ちは大いに理解できる」

「そうでしょうとも。花嫁というものは――」

その後、他のあやかしとも歓談しながら屋敷に帰った玲夜は、これ以上鎌崎が鬼を敵に回すような真似はしないだろうと柚子に伝えた。

ほっとした顔をする柚子と話すのは、今度の新婚旅行の話だ。

＊＊＊

「くそっ、くそっ！」

会場の外に出た風臣は、苛立たしげにそばの壁を蹴る。

そんなことをしても痛いのは自分なのだが、八つ当たりせずにはいられなかった。

思いもせず花嫁である芽衣と出会った風臣は、一瞬で虜になってしまった。愛し合って結婚した妻がいたが、芽衣を目にした瞬間に妻のことはどうでもよくなった。

なぜこんな女と心を交わしていたのか不思議でならなくなり、芽衣を花嫁に迎えるためにいかにして別れようかと考えた。

しかし芽衣の反応は芳しくなく、それどころか断ってきたのだ。

この自分が求めているのに拒否するなどあり得ない。きっと恥ずかしがっているだけだ。あるいは親が邪魔をしているに違いないと、風臣は自分に都合よく解釈した。

そうして芽衣が自分の手を受け入れやすいように、店に圧力や嫌がらせをした。

芽衣は悲しみ怒っているようだったが、ふたりの未来のために必要なことなので我慢してもらうしかない。

心を痛ませながらも、芽衣から『花嫁になりたい』と言ってくるのを待っていた。

それなのに。それなのに……！

あろうことか鬼龍院が芽衣の助けに入ってしまったのが誤算の始まり。

芽衣は借金を返してきた。それならと、店の取引相手に圧力をかけて店を開けないようにしたのに、それすら鬼龍院によってあっという間に解決されてしまう。

さすがに鬼龍院傘下の会社に喧嘩を吹っかけるなど風臣にできるはずがなく、歯ぎしりしながら見ているしかできなかった。

さらにはパーティーで鬼龍院の次期当主直々に牽制《けんせい》されてしまった。

これ以上は風臣の方が危うくなる。だからといって芽衣をあきらめるなどできるはずもない。

「くそっ、どうして鬼龍院が出てくるんだ！」

芽衣を手に入れるまで、あともう少しだったのに。

「どうする？　どうしたら芽衣を花嫁として手に入れられるんだ」

舌打ちをしながら頭を働かせていると、風臣の前にひとりの女性が立ち止まった。

胡乱げに女性を見る風臣の前に、女性が水晶のような透明の玉を差し出す。

「誰だ？」

女性は答えることなく、ほの暗い笑みを浮かべた。

次の瞬間、風臣からなにか大事なものが抜けていくような感覚に陥り、そのまま意識が暗転した。

＊＊＊

パーティーの翌日、柚子が学校へ行くと、すぐさま芽衣が近寄ってきた。

「ちょっといい？」

「またなにかされたの？」

「されたというかなんというか、判断に困るのよ」

よく分からない柚子は首をかしげる。澪はまだ登校してきていないので、教室の隅で話をすることにした。

「昨日、鎌崎が家にやってきたのよ」

「えっ、今度はなにをしに来たの？」

「それが……」

　芽衣は眉を下げ、困惑した様子でいる。

「私もよく分からなくて……。突然来たから警戒したけど、すぐに鬼龍院さんがつけた護衛の人が駆けつけてくれたから安心したんだけどね。でもあいつ、暴れるわけでも脅してくるでもなくて、私のことをじっと見てから『どうやらお前が花嫁だったのは勘違いだったようだ』って言って帰っていったのよ」

「勘違い？　それってどういう意味？」

「分からないから、こうしてあんたに相談してるんじゃない。あれだけ俺の花嫁だって騒いでたのに、勘違いなんてことあるの？」

「いや、私に聞かれても……」

　花嫁だと感覚で分かるのはあやかしだけだ。人間である柚子には、玲夜の花嫁となり結婚した今も理解できない。玲夜が花嫁と言ったからそうなのかと受け入れているだけだ。

「勘違いすることなんてあるの？」

　柚子は腕に巻きついている龍に向かって尋ねた。

『いや、あやかしが花嫁を間違えるなんてあり得ぬ』

「じゃあ、なにかの作戦とか？」

それしか柚子には思いつかない。しかし、芽衣は否定する。

「そういうわけではなさそうなのよね。なんていうのかな。言葉では表現しづらいんだけど、これまでのあいつからは執着心っていうか、まとわりつくような嫌な視線を感じてたんだけど、昨日はそういった感情が抜け落ちてたように思えたのよ。私に対してほんとに興味なさそうっていうか」

店を追い込もうとさまざまな手を回していたのに、おかしな話だ。

「他にはなにか言ってた？」

「『もう関わるつもりはないから安心しろ』とか。『お前のような奴に関わって鬼龍院に目をつけられるなんてごめんだからな』とか、勝手なこと言って帰っていったわ」

「パーティーで玲夜が牽制したって言ってたからそのせいなのかな？」

「その程度であきらめる奴とは思えないんだけど」

柚子と芽衣はそろって「うーん」と唸る。

学校から帰ると玲夜にも相談し、とりあえず様子を見ることになったが、鎌崎が鳴海家に関わってくることはぱったりとなくなった。

玲夜も不思議そうにしており、牽制が効いたのだろうと結論づけた。

『これは、もしや……』

龍がひっそりとなにかをつぶやいていたのには誰も気付かなかった。

不完全燃焼ぎみではあるが、一応の解決を見せてからしばらくして、ようやく前期の試験も終わり、柚子は無事に合格を勝ち取った。

思わずガッツポーズしたのを、芽衣にあきれたように見られてしまう。

けれど喜ぶのも仕方ない。待ちに待った新婚旅行に行けるのだから。

ふたりきりになれる場所という要望をどんな風に叶えてくれるのかドキドキしながら、玲夜と車に乗って移動する。

残念ながら仕事の忙しい玲夜は何日も休んではいられない。

なんとか二泊三日をもぎ取ったようだが、本当なら一カ月は欲しいと不満そうにする玲夜を見ていると、高道と桜河が泣く姿が脳裏をよぎった。

車を走らせて向かったのは飛行場で、そのまま飛行機に乗り込んだ。

しかし、柚子の知る飛行機と全然違う。座席はあるが数は少なく、ひと席が広々としており、さらにはベッドルームまであるではないか。

「れ、玲夜。他にお客さんは？」

「自家用なんだから、他に客がいるはずがないだろ」

玲夜は当然のような顔をしているが、柚子の顔は引きつったまま固まった。

「さすが、鬼龍院……」

持っていそうだなとは思っていたが、まさか本当に持っているとは。

飛行機というより高級ホテルの一室のような内装に、もう新婚旅行はこの中でいいのではないかと思えてしまう。

しかし、あくまで移動のため。それも数時間だけのためだ。

「車とか新幹線での移動じゃ駄目なところなの？」

「いや、車でも行けるが、これの方が早い。せっかくの柚子との旅行を一秒とて無駄にできないからな」

「そ、そうなんだ……」

やはり玲夜とは住む世界が違うと実感した柚子だった。

飛行機での移動はあっという間で、なにげに初めてだった飛行機の旅を楽しむ時間もない。

そこからさらに車で移動すると、見えてきたのは広大な海だ。

この海もまた柚子の希望のひとつである。

夏といったら海。しかし、玲夜の花嫁となってから海どころかプールにも行けていない。

というのも、自分以外の男の前で水着姿になるなど言語道断という玲夜の主張があったからだ。

できるだけ露出の少ない水着にするからとお願いしても無駄だった。

透子も同じ状況で、学校のプールの授業は仕方なくふたりだけ見学だった。なので、柚子は花嫁になってから初めての海だ。

「海で泳ぐなんて久しぶり～」

「誰が海で泳ぐのを許すと言った」

玲夜は口角を上げながらも、目は笑っていない。ルンルン気分だった柚子が固まる。

「えっ、でも海に……」

「海は見るだけだ」

「そんな！　だってこの日のために水着も買ったのに！」

激しくショックを受ける柚子は目を見開いた。

「あーい！」

「あいあい！」

子鬼からも不満噴出だ。なにせ子鬼たちも、元手芸部部長に水着を特注したのだから。

「海では泳がないがプールがある」

「そうなの？　そこでなら水着で泳いでいい？」

「貸し切りだからな。存分に泳げる」

　ひくりと口元を引きつらせた柚子。

「貸し切り？」

「ああ」

「ちなみに泊まるのってどこなの？」

　宿泊先は玲夜に一任していたので、柚子は希望を言うだけで場所までは知らない。指輪を作るために店まで建ててしまえる人である。確認はしておくべきだったかもしれない。

「旅行のために別荘を建設することにした。本当はリゾート施設でも作ろうかと思ったんだが、いい場所が見つからなくてな」

　やはりスケールがでかい。

「今回の旅行に別荘の建築は間に合わなかったから、使うのは今度だ。残念だが、普通のホテルになった」

「そうなんだ」

　ほっとしたような残念なような。けれど別荘を建てているのは間違いなく、つまりは次があるということ。それが知れただけでもテンションは上がる。

「すまなかった。記念に残るものにしたかったのに」

玲夜は残念そうだが、柚子は問題ない。

「玲夜と一緒なら古い安宿でも全然いい！」

そう宣言したのに、やってきたのは五つ星のホテルだった。

しかもホテルの中で最もランクの高いスイートルーム。これを『普通のホテル』と言ってしまうのだから、やはり玲夜と金銭感覚は合わないらしい。

泊まるだけなのにいったいどれだけの部屋があるのかと、着いて早々子鬼たちと探検してしまった。

しかもここは玲夜と柚子だけの部屋。子鬼たちと龍には別の部屋を用意しているというのだから驚きだ。

一緒にいる時間が多い龍は柚子と同室ではないことに不満げだったが、玲夜が大量のＤＶＤを渡すと、急いで部屋に籠もった。最近はアニメにはまっているらしい。

「これで邪魔がひとりいなくなったな」

玲夜がつぶやいたのを柚子は聞き逃さなかった。

柚子は早速、貸し切られたホテル内のプールに来た。

プールは五階と高い位置にあり、柚子からは海がよく見えるが、周囲から見られる心配はない。

室内プールではなかったため、念入りに日焼け止めクリームを塗る。

「子鬼ちゃん。背中にも塗ってくれる？　手が届かないの」

後ろを見ずにクリームを渡し、背中が塗りやすいように髪を横に流す。

そして待っていると、明らかに子鬼よりも大きな手が柚子の背中を撫でた。

「ひゃっ！」

驚いて後ろを向けば、子鬼ではなく玲夜がいるではないか。

「えっ、子鬼ちゃんは？」

「プールは明日にしろと部屋に置いてきた。今頃、龍と一緒にＤＶＤでも見てるだろう」

そう言いつつ柚子の背中にクリームを塗っていく。

子鬼なら触れられても大丈夫なのに、相手が玲夜に変わるとそれだけでドキドキしてしまう。しかもなんだか……。

「玲夜、手つきがやらしい……」

「ここで襲わないだけ、ありがたく思うんだな」

なんて恐ろしいことを言うのか。柚子は戦慄した。

やや怪しい手つきではあったものの、玲夜は丁寧にクリームを塗ってくれる。

「玲夜、くすぐったい」

玲夜はしれっとしているが、わざとくすぐるように軽く触れているとしか思えてならない。

「塗れたぞ」

「ありがとう。玲夜も塗る？」

「俺は必要ない」

断られて柚子は残念そうだ。

くすぐられた分やり返してやろうかと思っていたのに。しかし、そんなことをした
ら後が怖いのでやらなくて正解かもしれない。

玲夜はプールではないホテルの外をにらむように見ている。

「どうしたの？」

「少し騒がしいな」

眉をひそめる玲夜だが、仕方がない。

目の前は海で、世の中は夏休み。海ではしゃぐのはひとりふたりではないのだ。

玲夜はうるさいと不満を口にするが、浜辺からは少し距離があるので柚子はそこま
で気にならない。

けれど、人間より五感の鋭いあやかしには騒音に感じてしまうのかもしれない。

「そうか？」

どこか違う方向を見ている玲夜の注目を向けるため、柚子はすくった水を玲夜にかけた。

見事に顔に命中したため、玲夜はびっくりとした顔をする。けれど次の瞬間、意地が悪そうに不敵に笑うと、柚子を横抱きにしてそのままプールに飛び込んだ。

「きゃあ！」

悲鳴をあげる柚子は全身ずぶ濡《ぬ》れだ。

「ひどい、玲夜の馬鹿」

「くっくっくっ」

玲夜はおかしそうに声をあげて笑う。玲夜もどうやら旅行でテンションが上がっているようだ。

お返しだとばかりに、柚子は手持ちの水鉄砲で攻撃した。

本当は子鬼と遊ぶために持ってきていたのだが、玲夜により置いてけぼりにされてしまったので仕方ない。

そもそも玲夜とできるだけふたりでいたいと願ったのは柚子なのだから、今の状況は望み通りだ。

とはいえ、やはり思う。

「ねえ、ちょっとだけでも海に行っちゃ駄目？」

せっかく海が目の前にあるのに、プールで終わらせてしまうのはもったいない。

「水着姿を他の男に見せるのは駄目だ」

思った通りの言葉が返ってきて、柚子は残念がる。すると……。

「早朝の人のいない時ならいいぞ」

「本当!?」

途端に柚子は嬉しそうに顔をほころばせる。

「ただし、水着ではなくちゃんと服を着て海辺を歩くぐらいならな」

「うん。それでも十分。もちろん玲夜も一緒に来てくれるよね?」

「当然だ。この旅行中に柚子から離れるつもりはない」

泳げなくとも海の雰囲気を味わえるならかまわない。それに、早朝なら人もほとんどいないだろうし、玲夜とゆっくりできる。

まさに柚子の理想通りだ。嬉しさも相まって玲夜に抱きつく。

普段は外での密な接触を恥ずかしがって避ける柚子だが、ここは貸し切りなのでいつもより大胆になっている。

「ずいぶん積極的だな」

玲夜は色気をだだ漏れにさせながら柚子の腰を撫で、引き寄せる。

お互いの肌が触れ合う感覚に、ようやく柚子は自分も玲夜も水着であることを思い出した。とっさに離れようとしたが、玲夜は離してくれない。

「玲夜」

もの言いたげに見上げれば、玲夜が不敵に笑っている。

「なんだ？」

柚子の言いたいことを分かっていながら離そうとしない玲夜は意地悪だ。

だが、柚子も玲夜の腕を振り払ったりはしない。

あきらめたように玲夜の首に腕を回せば、玲夜は柚子を横抱きにしてプールに浸かった。日差しの熱さがプールの水の冷たさで和らいだように感じる。

「柚子は泳げるのか？」

「高校までは学校にプールがあったから、人並みには泳げるよ。でもそれ以降泳いでないから分かんないや」

高校までとは、つまりは玲夜と出会うまでという意味だ。

他の男に見せるなどもってのほかだと玲夜に禁止されるまでは、毎年友人と海やプールに行ったりもしていた。

透子は東吉により許可されず、泣く泣く我慢していたのをかわいそうに思っていたが、まさか自分も同じ境遇になるとは予想外だ。

玲夜の花嫁となってからは海にもプールにも行けなくなってしまったけれど、それでも花嫁になったことを後悔していない。

それに、こうしてふたりで来られるならそれもまた特別感があって楽しい。

「玲夜は泳げるの？」

「まあ。それなりにはな」

玲夜のそれなりが気になる。思えば、玲夜がスポーツをしているところを見た覚えはなく、どの程度の運動神経か分からない。

けれど玲夜なら涼しい顔でなんでもこなしそうだ。

「ねえ、じゃあ競争しよう？」

「なんだ、急に」

「負けた方が相手のお願いを聞くの。端から端までね。はい、スタート！」

柚子はフライングしていたが、結果は惨敗だった。やはり玲夜は玲夜だった。高道が心酔するのも頷ける。

「もう無理……」

もう一度、もう一度と何度も挑戦して、さらにはハンデまでもらったのに勝てず、柚子は疲れ切ってぐったりとした。

けれど玲夜は飄々《ひょうひょう》とした様子で、柚子に向かってニヤリと笑う。

「負けた方が相手の願いをなんでも聞くんだったな？」

その笑顔に危機感を抱く。

「今夜が楽しみだな」

まるで獲物を見定めたように、玲夜の目がギラリと光る。

柚子は頬を引きつらせた。自分はとんでもない勝負を仕掛けてしまったようだ。

「私、なんでもとは言ってないんだけど」

「よく聞こえないな」

絶対に嘘だ。しかし自分が言い出した手前、なかったことにできそうもない。

がっくりと肩を落とす柚子に、玲夜の優しい声が聞こえる。

「少し待ってろ。なにか飲み物を持ってくる」

そう告げてプールから上がった玲夜は、水が滴り落ちる髪をかき上げた。

その姿を見た柚子は、ここが貸し切りでよかったと心の底から思った。

もし周囲に女子がいたら、今の玲夜の色気に当てられて鼻血を出してもおかしくない。柚子も思わずくらりときた。

「どうかしたか？」

玲夜から目を外せずにいた柚子を心配そうにするが、玲夜に見惚れていたとは恥ずかしくて口にできなかった。ごまかすように柚子はクスクス笑う。

「鬼龍院の次期当主様をパシらせるなんて妻の特権だなと思って」

冗談めかして言うと、玲夜もクスリと笑う。

「確かにそうだな」

人を使う立場の玲夜を動かせるのは柚子だけ。それが嬉しくもあった。


プールでひと通り遊び、体が冷えてきたので部屋に戻る。

「柚子、だいぶ体が冷たいから風呂に入った方がいい」

「私より玲夜が先に入るか？」

「だったら一緒に入るか？」

耳元で囁かれて、柚子はカッと顔に熱が集まる。

「先に入ってきます……」

「残念だな」

どこまで本気なのか分からないが、本気が多くを占めているような気がする。

もう夫婦となったのだし、一緒にお風呂ぐらいおかしくはないのに、玲夜と一緒と考えただけで顔が赤くなってしまう。柚子にはまだまだハードルが高そうだ。

急ぐように風呂場へ向かうと、誰が用意してくれたのか、猫足のバスタブに湯が張ってあった。体を洗い、湯に浸かってじっくり温まりお風呂から出る。

部屋に戻ると、玲夜もバスローブを着ていた。

「あれ、玲夜もお風呂に入ったの？」

「ああ」

今まで自分が入っていたのにどうやって？と柚子は首をかしげたが、そういえば室内を探検した時にシャワー室が他にもあったのを思い出す。

柚子に一番広い浴室を与え、玲夜はシャワーで済ませたようだ。

そう考えると申し訳ない気持ちになる。といっても一緒に入るのは難しいのだが。

「柚子、髪が濡れてる」

「あっ」

玲夜が次に使うと思っていたので、乾かすのを後にして出てきたのだ。

「乾かしてくる」

「いや、俺が乾かす」

「えっ」

そう言うや、玲夜は浴室からドライヤーを持ってきて柚子を椅子に座らせる。

「いいよ。自分でできるから」

「俺がやりたいだけだから気にするな」

有無を言わさずドライヤーのスイッチを入れ、柚子の髪を乾かし始めた。

玲夜の大きな手が髪に触れ、優しく手櫛《てぐし》でとかす。ドライヤーの風の温かさもあって、とても気持ちがいい。

まるで壊れものを扱うように慎重な指使い。柚子は目を細めてうっとりしながら、されるがままになっている。

「柚子の髪は柔らかいな」

「そんなことないと思うけどな」

どちらかというと玲夜の髪の方がサラサラで、ずっとさわっていたくなる心地よさだ。

鬼は容姿だけでなく髪の一本すら常人と違うのかと、玲夜の髪に触れるたびにちょっとジェラシーを感じてしまう。

「いや、そんなことあるさ」

ドライヤーを止めると、玲夜は柚子の髪をひと房手に取ってキスを落とした。そしてそのままこめかみにも唇を寄せる。

柚子は玲夜からドライヤーを奪うと、今度は玲夜を椅子に座らせた。玲夜の髪もまだ濡れたままなのだ。

「次は私の番ね」

至極楽しそうにスイッチを押す柚子を、玲夜は愛おしげに見る。

「ああ」

玲夜の髪を乾かしながら、こんなのんびりとした時間を過ごすのはいつぶりだろうかと考える。

玲夜の屋敷で過ごすようになった当初から屋敷には雪乃たち使用人がいたし、子鬼がそばにいた。

そこにまろとみるくがやってきて、龍が加わり、柚子の周りは賑やかになったが、玲夜とふたりで一日のほとんどを過ごすことはなかったかもしれない。

「旅行の間はずっと一緒にいてね」

「もちろんだ。邪魔者はちゃんと隔離してあるから気にしなくていいしな」

邪魔者扱いされた龍がここにいたら怒りだすかもしれないが、新婚旅行で来ている今だけは玲夜だけといたい。玲夜は忙しく、何日もいられないのが残念だ。だとしても、わずかな時間だろうと新婚を感じていたい。

ドライヤーのスイッチを切ると、玲夜は立ち上がり柚子を抱き上げた。

「玲夜？」

「さっきの勝負を忘れたのか？　負けた方が願いを聞くんだろう？」

ニヤリと不敵に笑う玲夜に、柚子は引きつった笑みを浮かべる。

柚子を抱き上げたまま向かったのは寝室。

「れ、玲夜。まだ昼間」

「新婚旅行で来ているんだから問題ない」

柚子には問題大ありだったが、柚子のかわいらしい抵抗もなんのその、ふたりは寝室に消えていった。

＊＊＊

隣でぐっすりと眠っている柚子の顔を眺め、玲夜は柔らかな表情を浮かべている。

頬に指を滑らせても柚子が起きる様子はない。

少々無理をさせすぎたかと反省したが、次に同じような機会がやってきても同じ過ちを犯す自信がある。

それを柚子に言ったら恐れをなすかもしれないが、今日のように最終的には玲夜を受け入れてくれるに違いない。

かわいい柚子。俺だけの柚子。

日を追うごとに愛おしさがあふれてくる。この想いに限界はないのだと思わせるほど強まっていく。

柚子への感情を知ってから玲夜の世界は一変した。

親しい者以外への興味が極端に低かった玲夜は、見知った者に対してもどこか距離を置いているところがあったが、周囲へ向ける関心にも強い感情が乗るようになった気がする。

それもこれも柚子がいたからだ。柚子がいなければ今頃桜子と結婚し、可もなく不可もない結婚生活を送っていたのかと思うと信じられない。

もう柚子のいない生活など考えられない。柚子と出会う前はどうやって息をしていたのか分からないほど、今の玲夜の世界は柚子で満たされている。

「柚子、愛してる。俺だけの花嫁」

玲夜は眠る柚子の額にキスを落とした。

＊＊＊

玲夜と散々遊んだ翌日。人のいない早朝の浜辺には玲夜と手をつないでいる柚子の姿があった。

波の音が絶え間なく続き、心が癒されていくようだ。

砂に足を取られながら、サクサクと音のする砂の上を歩く。

すると、突然玲夜が足を止め、向かい合う。

「渡すタイミングがなかなかなくて悪かった」

そう告げながら取り出したのは、ふたつの指輪である。

綺麗な曲線と細工がされた指輪は、おそろいになっている。

「結婚指輪。完成してたの？」

「ここに来る少し前に藤悟から送られてきた」

玲夜は指輪をひとつ手にすると、柚子の左手を取り薬指にはめた。薬指には玲夜からの婚約指輪もあり、ふたつの指輪が輝いている。

自然と顔をほころばせる柚子に、玲夜が箱を渡す。

「俺にもつけてくれるか？」

「うん」

柚子は嬉しそうに笑み、指輪を恐る恐る玲夜の薬指にはめた。

普段装飾品をつけない玲夜が指輪をはめている。それも自分と同じデザインのものをだ。

柚子は左手で玲夜の左手を握り、指を絡める。

「一緒だね」

「ああ」

なんだかこそばゆく感じるのはなぜだろうか。

＊＊＊

あっという間の旅行が終わり屋敷に戻ってきた柚子は、その日はぐっすりとベッドで眠った。

ゆらゆらとゆりかごに乗るような心地よさを感じ、遠くで誰かから呼ばれる声がする。

玲夜ではない。けれど知っているような不思議な声。

柚子ははっと目を開けた。

「……ここ、どこ？」

柚子は真っ暗な場所にひとり、ぽつんと立っていた。

特別書き下ろし番外編

外伝　猫又の花嫁〜同棲編

花嫁であることを受け入れ、晴れて東吉と恋人になった透子は、揺れる車内で腕を組みふて腐れていた。

「おい、透子〜。いいかげん機嫌直せよ」

東吉が困ったように透子の顔を覗き込むが、ふいっと顔をそらす。

「あんたが勝手に私の荷物を運び出すからでしょうが！　これが怒らずにいられるかってのよ」

花嫁であることを受け入れるや、引っ越し業者を呼んで、透子の荷物をほとんど運び出してしまった。

行く先は東吉の家である猫田家。

透子のあずかり知らぬところで透子の両親から許可をもらい、これから一緒に暮らすというのだから、透子が怒るのも当然というもの。

「だいたい、そっちのご両親はどうなのよ？　急に見知らぬ女が一緒に暮らすってなったら嫌でしょう⁉」

「うんにゃ。めちゃくちゃ喜んでたぞ」

「なんでよ！」

「そりゃあ、花嫁だからな」

なぜ花嫁というだけでそんなに喜ばれるのか透子はまだよく分かっていない。

「花嫁ってのは、あやかしにとって特別なんだ。花嫁を得たあやかしは霊力が増すし、花嫁の産んだ子供は強い力を持って生まれてくる。猫又のように力の弱いあやかしにとったら、力を強くしてくれる花嫁は喉から手が出るほど欲しい人材なんだよ」

猫又はあやかしの中では弱い分類らしいとは聞いている。

「それは何度も説明されたし分かってる。けどなんであんたの子供を産む前提で話を進めてんのよ。ふざけんなだわ」

「俺の花嫁になるのを了承しただろうが」

「好きなのは認めるけど、結婚するとは言ってないわよ」

すると東吉はがーんとショックを受けたようななんともおもしろい顔を浮かべた。

車内にもかかわらず立ち上がろうとして天井に強く頭をぶつけたが、痛みより透子の言葉の方が衝撃のようだ。

「はあ!?　今さらなに言ってやがる！　花嫁になったんだから結婚するのは決定だろうが」

「あんたこそ、なに言ってんのよ。私はまだ中学生よ。結婚なんか考えられるわけないじゃない」

透子が中学生ということは、同じ年の東吉ももちろん中学生である。

この年頃の子に彼氏ができたとして、結婚まで深く考える子はまれだろう。

まあ、『将来結婚しようね』『うん、いいよ〜』ぐらいの会話はしそうだが、その場のノリだけで、本気の子はほとんどいないはずだ。

透子も例に漏れず、付き合うけれどそれ以上は考えていない。だから、一緒に住むこと自体が驚きなのだ。

それでも東吉が『一緒に住むのは花嫁なら当然だ』としつこいので拒絶はしていない。

機嫌の善し悪しは置いておいて、譲歩しているのだからありがたく思ってもらいたい。

「この年齢で真面目に結婚を考えてる子なんて滅多にいないわよ。それより来年にある受験の方が大事なんだから」

至極まっとうなことを冷静に告げれば、東吉は目に見えて動揺している。

「え、ちょ、ちょっと待て」

「あんたが待ちなさい。なに勝手に私の人生設計をあんたが決めてんのよ。それともなに？　あんたは私が花嫁で強い子供を産めるから一緒にいるわけ？」

透子はギロリと東吉をにらむ。

「花嫁という道具として私が欲しいの？」

「そんなんじゃない！」

食いぎみで否定する東吉。

もしここで迷いを見せていたら、顔面に拳を叩きつけて車を降りているところだ。

「だったら結婚なんか将来考えたらいいでしょ。大人になってまだ好きだったら結婚すればいいじゃない」

「俺は透子以外好きにならない！」

必死で引き留めようとするように声を大きくする東吉は真剣そのもの。かたや、透子は正直者だった。

「私は分かんないわよ。そのうち、にゃん吉よりもっといい男に出会うかもしれないし」

ふふんと強気に笑うと、東吉がくわっと目をむく。

「浮気は絶対に許さねぇからな！」

「それが嫌ならちゃんと私の都合も考えなさい！　私の気持ちを無視してばっかりだったら早々に愛想も尽きるわよ。私は道具でも都合のいい人形でもないんですからね！」

「う……はい」

透子に迫力負けし、東吉は勢いをなくして頷いた。

「次に私に相談もなく引っ越しなんて重要なこと決めたら、即刻出ていってやるわ。分かった!?」

「分かりました……」

東吉はがっくりと肩を落とし、透子はスッキリしたように鼻息を荒くした。

先ほどまでどこか浮かれている様子だった東吉は、透子によりコテンパンにのされて意気消沈している。

最初からこの調子でやっていけるのかと、透子は深いため息をついた。

花嫁はあやかしの本能が決めるものだとは聞いているが、盲目になりすぎていやしないか。透子がこれだけ強気に怒鳴りつけているのに、東吉が透子を見る目には熱が帯びている。

あやかしは花嫁を唯一の存在として深く愛する。

そんな絶対的な愛情が自分に向けられているというのがなんだか不思議だ。

「ねぇ、花嫁だっていっても、いつか私を嫌いになることもあるんじゃないの?」

「それはない。たとえ嫌なところを見つけたとしても、それ以上に好きになるのが花嫁だ。こればっかりはあやかしの本能だからとしか説明できない」

「あやかしの本能ねぇ。私にはまったく分からん。なにか私でも分かる方法ないの？　正直、今でも信じられないんだけど」

「そう言われてもなぁ。人間はそもそもあやかしより感覚が鈍いし、花嫁がどうやって選ばれるのかも詳細は分かっていないんだ。子供が生まれたら分かるだろ。あやかしと花嫁以外の人間の間では子供が作れないから」

そんなもの論外である。透子はギロリと東吉をにらんでから、馬鹿なことを言うなと文句を告げるようにデコピンをした。

「痛ぇな」

「ちなみに、私が他の人を好きになっちゃったらどうする？」

「そしたら相手の男の命はないと思えよ」

透子は冗談のつもりなのに、東吉の目が本気なので怖すぎる。思わず背筋がぞくりとした。

別れるとか言い出したら監禁でもされそうな雰囲気だ。もしや東吉と付き合うのは早まった選択だったのかもしれないと、今さらになって後悔してきた。

「ねぇ、クーリングオフできる？」

「適用外に決まってんだろ」

思わず透子はチッと舌打ちした。

「舌打ちすんなぁ！」

「うるさいわよ、にゃん吉」

「誰のせいだ」

「にゃん吉がアホなこと言い出すから花嫁になるのが嫌になってきたわ」

するると、東吉はおろおろし始める。

「け、結婚が駄目だったのか？　それとも子供を産めってのが嫌だったか？」

「全部だ、馬鹿！」

中学生になにを求めているのか、この男は。

「さっきも言ったけど、無理強いするなら同居は解消よ」

ビシッと人差し指を突きつける。

「てことは、一緒には住んでくれるんだよな？」

「まあ、私の両親も同意してるし、とりあえずはお試し期間ね」

「お試し期間……」

東吉は不満そうにしているが、受け入れられないなら今すぐ帰るの一択だ。

「嫌なの？」

半目でにらめば、ぶんぶんと首を横に振った。

「お試し期間で問題なかったらそのまま住んでくれるんだよな？」

「問題なかったらね」

「よし」

透子を帰らせない自信があるのか、ただやる気があるだけなのか、東吉は力強く拳を握った。

そして着いた猫田家で、透子はその大きさに度肝を抜かれる。

「まじ？」

それなりの資産家だとは思っていたが、予想の遥《はる》か上を行く豪邸がそびえ立っているではないか。

「ねえ。ここほんとににゃん吉の家？」

「おう。まあ、ちっさい家だけど、自分ちだと思って気楽に暮らしてくれ」

「これでちっさいとか、世間に喧嘩売ってるとしか思えないわ」

透子の家の何倍もある。しかも、玄関に入るや出迎える人たちは使用人だという。

まるでテレビの中の世界だと、透子はめまいがした。

庶民生まれ庶民育ちの透子とは明らかに生きる世界が違いすぎる。ここで暮らしていけるか不安になってきた。

透子の心配をよそに、猫田家の使用人たちはなんともフレンドリーな人たちだった。

「まあ、なんてかわいらしい方なんでしょう」

「坊ちゃまもやりますな」

「透子様、お疲れでしょう。すぐにお茶を準備しますね」

　透子の周りにわらわらと集まる使用人たちの賑やかなことといったら。

「こら、透子がびっくりしてるだろうが。皆は仕事に戻れ。透子のことは俺がする」

　東吉が邪魔者を払うように手を振ると、使用人たちからの不満な声が響く。

「えー」

「透子様から馴《な》れ初《そ》めをお聞きしたかったのに」

「また機会はあるから今はやめとけ」

「はーい……」

　しぶしぶという様子で使用人たちは透子から離れていった。

「大丈夫か、透子？」

「うん、まあ。ちょっと圧倒されただけだし」

「あいつら猫又の一族に花嫁ができたもんだからテンション上がってんだよ。そのうち落ち着くから大目に見てやってくれ」

「ふーん。それだけ花嫁って大事なのね」

　歓迎されるに越したことはないが、驚きもある。

「そりゃそうさ。喜んでるのは使用人だけじゃないぞ。今日から一族の奴らが集まって透子の歓迎会をするらしい」

「今日〝から〟ってなに？」

非常に気になる言い方である。

「その言葉通り、今日から数日かけて祝うらしい。まあ、じじいたちが酒を飲んで騒ぐ理由にしてるだけだから、透子は付き合わなくていいぞ。最初だけ顔を出してはもらいたいけど」

「素直に喜んでいいのか迷うわね」

「喜べばいいんじゃね？　皆が透子を歓迎してることは確かだからな」

だとしたらいいのだが、なにやらここでの暮らしはひと筋縄ではいかないような気がしている。

「ちなみにずっと気になってたんだけど、ここ猫多くない？　さっきから廊下やら庭やら猫ばっかり見てるんだけど」

「あー、あいつらはこの家を住処《すみか》にしてる猫たちだよ。透子もかわいがってやってくれ」

「……悪いけど、私、犬派なのよね」

微妙な沈黙が落ちる。

「……今すぐ猫好きになるしかないな」

「えー、これだけ広いなら犬飼ってよ」

「犬は立ち入り禁止だ。ここは猫又の屋敷だぞ。猫以外の動物を入れられるか！」

透子は不満そうに口をへの字にする。別に猫が嫌いなわけではないが、どうせなら犬がいい。

「ええー」

透子の不満げな声も、東吉は聞かないふりをして先へと進む。

後をついていくが、本当に広い家である。迷子にならないか心配になるほどだ。

家の中で迷子とか洒落にならないので、必死に間取りを頭に叩き込む。

「ほら、ここが透子の部屋だ」

案内された部屋は、透子が元いた部屋の中を忠実に再現されていた。

とはいえ部屋の広さは比べものにならないのだが、家具の配置まで同じなのであまり違和感がない。

「うへぇ。広すぎ」

「問題ないか？」

「問題はないっちゃないけど……」

カーテンまで同じ色のものを使われているあたり、嬉しいを通り越して逆に怖い。

いつの間に取りそろえたのやら。きっと透子が東吉の想いを受け入れる前から準備しなくてはできそうにないように思う。

なにやら東吉の執着心を感じてしまった。

「やっぱ早まったかも。クーリングオフ――」

「無理だっつってんだろ」

透子は深いため息をつく。

「……気に食わなかったのか？」

途端に捨てられた猫のように弱々しくなる東吉に、透子は母性をくすぐられた。本当に耳と尻尾があったら垂れているかもしれない。

少しきつく言いすぎたかと、透子も反省する。

「そんなことないわよ。ありがとう。私が暮らしやすいように考えてくれたんでしょう？」

東吉はころりと表情を変え、歯を見せながら笑った。

「透子には居心地よく暮らしてもらいたいからな」

駆け引きもない素直な好意に、透子も嬉しくなる。

「ありがと」

ふわりと透子が笑いかけると、東吉は頬を染めた。そして一気に距離を詰め、透子を抱きしめる。が、しかし、すぐに肘鉄が東吉を襲う。

「どさくさに紛れてなにしてんのよ」

「愛情表現を……」

「いらん」

「透子が冷たい……。昨日はあんなにかわいくやきもち焼いてたのに。まあ、ちょっと過激なやきもちの焼き方だったけど」

それを蒸し返されると透子としても恥ずかしい。東吉の母親を浮気相手と勘違いして、怒りのままに殴り飛ばしてしまったのだから。

「かわいくなんてないわよ。元カレにも恋人じゃなくて男友達といるみたいってフラれたんだから」

「なに言ってんだ。透子はかわいいだろ。そいつの目が節穴なだけだ」

お世辞でもない真剣な眼差しに、今度は透子が赤面してしまう。

赤い顔を見られたくなくてそっぽを向くが、東吉は攻撃の手を緩めない。透子の顎を掴み自分の方に向けさせる。

「ほら、こんなかわいい反応する女を男友達と同じに扱えるかっての」

不意に抱きしめながら伝えられる東吉の甘い言葉に、透子はいっぱいいっぱいだ。

「恥ずかしいからやめてよ、馬鹿！　離してよ」

「絶対に離さないからな」

それは今だけのことではなく、これから先も含まれていると透子は正確に理解して、さらに身悶《みもだ》えるのだった。

完

あとがき

　こんにちは、クレハです。鬼の花嫁新婚編二巻を手に取ってくださってありがとうございます。

　鬼花も皆様のおかげで、シリーズ累計百万部を突破いたしまして、私自身が一番驚いているかもしれません。

　たくさんの方に鬼花シリーズが愛されていると実感して本当に嬉しく思っています。

　鬼花に関わるたくさんの方に感謝をお伝えしたいです。

　鬼の花嫁の一巻が発売されたのが二〇二〇年の十月だったので、まだ三年も経っていないんだなとしみじみとしてしまいます。

　今回は少々難産で、どう話を書こうかと悩んでなかなか話が進まなかったのですが、無事に発売することができて安心しました。

　今作では、前回から登場していました芽衣の話を中心に書かせていただきました。

　芽衣の話は前巻の時から考えていたものだったので、やっと出せてよかったです。

　これまで柚子の周りにはいなかったツンデレなお友達に、柚子もいつもと違った表情を見せていってくれるのではないでしょうか。

そしてようやくふたりの新婚旅行を書けました。

いつもより甘さマシマシでお届けできていたら嬉しいです。

そして、ラストは意味深な終わり方をしているので、続きをお待たせしてしまうのは申し訳ないのですが、次巻を楽しみにしていただけたら幸いです。

去年はサイン会や鬼の花嫁の漫画を描いてくださっている富樫先生との対談など、初めて尽くしの一年となりました。

今年も頑張って、鬼の花嫁を始めとした、たくさんの作品を読者の方にお届けできるよう気合いを入れていきますので、どうぞよろしくお願いいたします。

クレハ

この物語はフィクションです。実在の人物、団体等とは一切関係がありません。

クレハ先生へのファンレターのあて先
〒104-0031　東京都中央区京橋1-3-1　八重洲口大栄ビル7F
スターツ出版（株）書籍編集部 気付
クレハ先生

鬼の花嫁　新婚編二
～強まる神子の力～

2023年2月28日　初版第1刷発行

著　者　　クレハ　

発 行 人　菊地修一
デザイン　カバー　北國ヤヨイ（ucai）
　　　　　フォーマット　西村弘美
発 行 所　スターツ出版株式会社
　　　　　〒104-0031
　　　　　東京都中央区京橋1-3-1　八重洲口大栄ビル7F
　　　　　出版マーケティンググループ　TEL 03-6202-0386
　　　　　（ご注文等に関するお問い合わせ）
　　　　　URL　https://starts-pub.jp/
印 刷 所　大日本印刷株式会社

Printed in Japan

ISBN　978-4-8137-1397-5　C0193

和風あやかし恋愛ファンタジー
新婚編、開幕！
大人気シリーズ！
鬼の花嫁
新婚編一
～新たな出会い～
クレハ／著
イラスト／白谷ゆう
あらすじ
晴れて正式に鬼の花嫁となった柚子。玲夜の溺愛に包まれながら新婚生活を送っていた。ある日、あやかしの花嫁だけが呼ばれるお茶会への招待状が届き、猫又の花嫁・透子とお茶会へ訪れることに。しかし、お茶会の最中にいなくなった龍を探す柚子の身に危機が訪れて…⁉　文庫版限定の特別番外編『外伝 猫又の花嫁』収録。
定価：649円（本体590円+税10%）
ISBN 978-4-8137-1314-2
スターツ出版文庫

スターツ出版文庫　好評発売中!!

『天国までの49日間～卒業～』　櫻井《さくらい》千姫《ちひめ》・著

霊感があり生きづらさを感じていた稜歩も高三になり、同じ力を持つ榊と受験勉強に励んでいた。そんなある日、元同級生の琉衣が病気で亡くなり、幽霊となって稜歩の前に現れる。天国か地獄へいくまでの四十九日間で、琉衣は片思いをしていた榊と思い出作りをしたいと言い出す。榊への想いを隠していた稜歩だったが、堂々と自分の気持ちを伝える琉衣の姿を見て、自分も後悔のないように生きたいと思うようになり……。卒業の日が近づく中で、ついに稜歩は榊へ想いを告げようとする――。心震える命の物語、ついに完結！

ISBN978-4-8137-1387-6／定価671円（本体610円+税10%）

『さよなら、灰色の世界』　丸井《まるい》とまと・著

高1の楓は、いつも友達に意見を合わせてしまい、自分を見失っていた。そんなある日、色が見えなくなる『灰色異常（グレーエラー）』を発症し、人の個性を表すオーラだけが色づいて見えるように。赤や青、それぞれ色があるのに、楓だけは個性のない灰色だった。そして、それを同級生の良に知られて……。自分とは真逆で、意志が強く、意見をはっきりと言う良が苦手だった楓。しかし、良は「どう見られるかより、好きな自分でいればいい」と言ってくれて……。良と関わる中で、楓は“自分の色”を取り戻していく――。

ISBN978-4-8137-1386-9／定価671円（本体610円+税10%）

『後宮の嫌われ白蛇妃～推し活をしていたら愛されちゃいました～』　碧《あお》水《み》雪《ゆき》乃《の》・著

“悪意をあやつる異能”を持つ白家の苺苺。十六歳になった苺苺は、幼女・木蘭妃を悪意からお守りするため、皇太子妃候補として後宮入りすることに。でも、皇太子は病で後宮に不在だった――。特殊な容姿と異能のせいで後宮中から“嫌われ白蛇妃”と虐げられる毎日。それでも苺苺は木蘭を推しとして崇め奉り、お守りしていたけれど…。全力で推し活していたら、木蘭の秘密――真の姿は皇太子・紫淵だと明らかになり、「俺のそばにいてほしい」と寵愛されてしまい…!?　美貌の皇太子×最下級妃の後宮シンデレラストーリー。

ISBN978-4-8137-1385-2／定価737円（本体670円+税10%）

『無能令嬢の契約結婚』　香月《こうづき》文香《ふみか》・著

異能が尊ばれる日本の自治州・至間國に生まれ育った男爵令嬢の櫻子は、異能の使えない「無能」だった。異能の使える妹に虐げられる日々を送る中、櫻子に最強の異能使いである静馬との縁談が舞い込む。妹ではなく無能な自分が選ばれたことに戸惑うが…「これは契約だよ。君は僕の唯一の妻だ」静馬は、無能な櫻子にしか持ち得ない“ある能力”が必要だった。しかし、愛のない契約関係だったはずが、冷徹な静馬の隠された優しさに触れ、対照的なふたりは惹かれ合い――無能令嬢が愛を掴む、和風シンデレラファンタジー。

ISBN978-4-8137-1384-5／定価704円（本体640円+税10%）